小学館文庫

醤油と洋食

神楽坂 淳

小学館

目次

主な登場人物

鈴川八重《すずかわやえ》……江戸時代から続く、麻布《あざぶ》にある料亭「鈴川」のひとり娘で、目白《めじろ》の椿山《つばきやま》女子大学に通う女学生。父・勇児《ゆうじ》はぎりぎり明治生まれで頑固だが、料理以外は進歩的。母・海子《うみこ》はキリリとした顔立ちで、新橋《しんばし》辺りの芸者のように気風がよい。

岩本洋一郎《いわもとよういちろう》……「鈴川」の板前。八重の五歳上で、ぶっきらぼうだが、料理には嘘《うそ》をつかずに厳しい。時代の流れに合わせ、進んで洋食を取り入れようと研究している。

桜木虎姫《さくらぎとらひめ》……八重の同級生。男爵家の美貌令嬢で、長い髪のまま、男装している。男まさりな口調で、とても活発。

桃澤雫《ももさわしずく》……八重の同級生で、美貌の持ち主。実業家の父は、有名な親バカ。

馬鈴薯とストロベリー

髪の毛を後ろにきゅっ、と結い上げる。そうして海老茶式部《えびちゃしきぶ》の袴《はかま》をきちんと身につけると、「いまどきの女学生」の出来上がりだ。

明治ももう四十年も過ぎて、女子にも教育が必要だと言われつつも、まだまだ「お嫁さん」以外の選択肢がない今日この頃。

鈴川八重《すずかわやえ》は未来の日本をになう新進気鋭の女学生であった。

普段は赤いリボンで髪を縛るのだが、今日は気分を変えて紫にしてみた。自分としては赤よりも似合うかもしれない、と思う。

二階の住居から一階の店に降りると、鰹出汁《かつおだし》のいい匂《にお》いがした。

江戸時代から続く料亭「鈴川」では、昆布《こんぶ》の出汁は滅多に使わない。伝統的な鰹の出汁で勝負する。

それだけに、朝の鰹の香りは本当にいい香りとしかいいようがない。

軽い下駄《げた》の音がして、

「おはようございます。八重お嬢さん」

厨房《ちゅうぼう》から声がした。

板前の岩本洋一郎《いわもとよういちろう》の声だ。八重よりは五歳上で、鈴川で働いている。腕はなかなかいいが、何を考えているかは分かりにくい。

「振り向きもしないでよくわたくしだと分かりますね」

「足音で分かりますよ。お嬢さんの足音は軽いから」

ぶっきらぼうな声である。洋一郎の声にはあまり抑揚がない。何をやったら楽しそうな声を出すのだろう、と疑問に思うくらいすべての言葉が棒読みだ。

何も知らなかったら、不機嫌なのか、と思うくらいである。

「今日の給仕はまかせたと親方がおっしゃってましたよ」

洋一郎が当たり前のように言った。

「わたくしの予定を考慮したりはしないのね。お父様は」

溜息《ためいき》をつく。

「娘の予定を考慮する父親はあまりいないでしょう」

棒読みの返事が返ってきた。

「女学校に行くのを認めているのだから、なかなか先進的な父親だとは思いますよ」

「それはそうね。感謝しているわ」

鈴川は、幕末から続く料亭だ。父親の勇児《ゆうじ》はぎりぎり明治生まれだが、頭の中はかなりちょんまげで、文明開化という雰囲気《ふんいき》はまるでない。

「今日の親方は機嫌が悪いですよ」

「どうしたの」

「お客様が馬鈴薯《ばれいしょ》を食べたいとおっしゃっているんです」

「珍しい客ね」

馬鈴薯か。それは機嫌も悪くなりそうだ。八重は納得した。馬鈴薯は最近出てきた芋なのだが、格が低い。

なんといっても大臣が「穀物の中で最底辺だ」と言いきってしまっていて、料理界では全然認められていない。

名前だけは「男爵《だんしゃく》」と恰好《かっこう》がいいが、勇児は「男爵」という名前も嫌いらしい。成金華族みたいでいやだというのだ。

男爵は最も下等の爵位で、戦争とか実業で功績をあげた人間がなる。だからたいていお金はあるのだが、成金的な印象はぬぐえない。

札束をひけらかしてやがると、男爵を嫌う老舗《しにせ》は少なくはなかった。伯爵《はくしゃく》だから人柄がいいとは限らないと八重は思うのだが。

「ではさっさと学校に行くことにしますわ」

そう言うと、父親への朝の挨拶《あいさつ》を省略して出かけることにした。

「お嬢さん、これを」

洋一郎が皿に盛った小さなお握りを差し出してきた。お握り、といってもすりこぎで突いて半分餅《もち》にしたものだ。黒胡麻《くろごま》がまぶしてあって、一口で食べられるようになっていた。

「何も食べずに出かけるのはよくないですよ」

「ありがとう」

言われるままに口の中に放り込む。立ったまま口の中にものを入れるところを見つかったら蔵に閉じ込められかねないから、急いで飲みこんだ。

黒胡麻の香りが口いっぱいに広がった。味つけは塩のはずなのに、かすかに醤油《しょうゆ》の香りがする。

味は塩で香りは醤油というところだろうか。

「美味《おい》しいわね。醤油味なの？」

「これはですね」

洋一郎が言おうとした時、奥から声がした。

「おい、八重」

慌てて家から飛び出すことにする。

「行ってまいります！　お父様」

「声が大きすぎだ」

「すみません！」

叫ぶと、慌てて玄関でブーツを履く。最近流行《はや》りの編み上げブーツである。おてんばの象徴でもあるから、父親の勇児はブーツが嫌いである。

というよりも女学生らしい恰好は全部嫌いだ。束髪にして赤いリボンで縛るのも、矢絣《やがすり》の着物に海老茶色の女子袴を合わせるのも全部嫌いである。

要するに女学生が嫌いだった。

それでも八重が女子大に通うことは認めているのだから、進歩的な父親ではある。

店の外に出ると髪の毛の後ろを紫のリボンで縛る。

庭には通学用の自転車が一台置いてあった。鈴川のある麻布《あざぶ》から、目白《めじろ》の椿山《つばきやま》女子大学までは自転車で四十分ほどである。

途中坂も多いので、なかなかに体が鍛えられる道のりであった。

自転車にまたがると、自分に気合を入れる。

今日も元気に。

女学生をやろう。


椿山女子大学が近づくと、学校へ向かう道の両側は人であふれている。近所の商店街のおじ様方である。

八重が自転車で通りがかると、両側からわあっ、と声がした。

「学校なんぞやめちまえ！」

「おてんばは帰れ！」

罵声《ばせい》の嵐であった。

同じように自転車で通学してくる女学生にも同様に罵声が飛ぶ。

女子大学生の朝は、商店街の人々の罵声とともに始まる。

これが目白の常識だった。

そして。


「ごきげんよう。鈴川さん」

自転車を降りると、並んで走っていた桃澤雫《ももさわしずく》が声をかけてきた。

「ごきげんよう。桃澤さん。今日も人気でしたわね」

「あれで自転車を降りて買い物に行くと、お嬢さん、お嬢さんって丁寧《ていねい》に接してくるんだから不思議よね」

　雫が肩をすくめる。

「自転車が嫌いなのではなくて」

「いや、きっと八重のことが嫌いなのよ」

　雫がにやりとした。

「お。早いね。ふたりとも」

　やや低めの声がすると、男装をした虎姫《とらひめ》が自転車から降りるところだった。

「ごきげんよう。虎姫さん」

　桜木《さくらぎ》虎姫が、着流しのまま自転車を降りてきた。虎姫は男装をしているが男装の麗人とは少し違う。

男装の麗人は、髪を短くして男のようにすることが多いが、虎姫は長い髪をなびかせていて、いかにも深窓の令嬢風の様子《ようす》である。

服だけが着流しなのである。

だからかえって御姫様のような風情《ふぜい》をかもしだしていた。

ただし口調はやや男まさりで、とにかく顔立ちと行動が全然合っていなかった。

「あいかわらず顔と口調がちぐはぐですわよ」

八重が言うと、虎姫がくすくす笑う。

「まあそう言うな。家の中では姫御前として過ごすように強要されてるんだから。学校でくらいいいだろう」

「まあ、虎姫の家では仕方ないわよね」

「爵位持ちは大変ですわね」

「爵位といっても男爵だからね。うちの父様はなんとかいい家に嫁にやりたくてかりかりしているよ」

虎姫が肩をすくめた。

「男爵家の人は野心家が多いからね」

「劣等感っていうんだよ」

言いながら、教室に向かってあるきだす。

三人であるいていると、雫が口を開いた。

「自転車で走ってる時にいい殿方にぶつかって恋したいわね」

「小説じゃないんだから。それは無理。『魔風恋風』の読みすぎよ」

「いいじゃない。『魔風恋風』、そよそよと」

「そんな風は吹きません」

八重が素早く否定した。

「八重って、少し浪漫《ろうまん》が足りないのではなくて」

雫が唇《くちびる》をとがらせた。

「浪漫と妄想《もうそう》は違うわ。現実が一番よ」

「ふふん」

虎姫が、にやにやしながら八重に顔を近づけてくる。

「現実的な殿方がいる、ということだな」

「いません」

八重は思わず横を向いた。

「そうやって照れるところを見ると、なかなかいい男のようじゃないか」

「まだ結ばれるかどうかなんて分からないわ」

「それは八重の方は気があるということじゃないか」

　虎姫は明るく笑った。

「私のように、美貌《びぼう》が取引材料になる身としては、少々羨《うらや》ましいな」

「ごめんなさい」

　八重が謝ると、虎姫は首を横に振った。

「勘違いするな。美貌を取引材料にするとは言ったが、ハズレを引くとは言ってない。考えてもみろ、私の美貌にひれ伏さない男などいるものか」

「それはそうね」

　八重もすぐに納得した。

「そんなことよりさっさと行くぞ。せっかく早起きしている意味がない」

　八重たちは本来の登校時間よりも一時間と少し早く学校にやってきていた。それは寮に行ってみなの朝食を作るためであった。

「みんなもうお腹《なか》をすかせている頃ね」

　寮につくと、八重たちの食事を待っている生徒が八人いた。

「お待たせ」

挨拶をすると、寮長の朝倉貴音《あさくらたかね》が、まったくだ、という顔をした。

「今日は少し遅いわよ」

「すまないな。八重の男の話をしてて遅れた」

虎姫が言うと、貴音がにっこりと微笑《ほほえ》んだ。

「それならば仕方ないわね。あとで聞かせていただくわ」

「とりあえず作らせていただきます」

そう言うと、八重は厨房に入った。

八重は、椿山女子大学の女子寮の朝食を一部担当している。寮生は全部で四十人。全員分の朝食は作れないので、毎朝八人分だけ作らせてもらっていた。

「相変わらず八重の家は洋食は認めないの？」

「洋食はおろか、馬鈴薯も駄目だし、キャベツなんてもっての外っていう感じよ。どうやったら頭の中がああやって江戸で固まれるのかしらね」

「八重としては、なんとしても父親に洋食を認めさせたいのよね」

「もちろん。わたくしは、洋食鈴川をはじめたいの」

「料理でお父様をうならせるのね」

「当然よ。女は家庭料理は作れるが、板前はできない。とか真剣な顔で言うのよ。どうあってもぎゃふんと言わせてやりますわ」

「はいはい。でもぎゃふんははしたないですわよ」

雫がにこにこと笑いながら準備をする。

「今日の朝食はどうするの。八重」

「馬鈴薯と竹輪《ちくわ》にするわ」

「魚料理ってわけね」

「蒲鉾《かまぼこ》の方がお好き？」

「煮るなら竹輪かな」

朝に魚と言えばまずは竹輪が代表だ。江戸時代は生魚の方が多かったらしいが、加工技術の進んだ明治になって、とれた魚はたいてい竹輪か蒲鉾になる。

それこそ小料理屋にでも行かなければ生魚はそんなに食卓に上らない。

「お父様をぎゃふんと言わせる馬鈴薯なの？」

「今日は違う。でも、馬鈴薯の気持ちが分かればきっと作れるわ」

「馬鈴薯の気持ちか。そうだな。分かるといいな」

虎姫が真面目《まじめ》な表情になった。

さて、どうしよう。八重はどうすれば馬鈴薯を美味しく食べられるか考える。最近の流行りでは牛肉と一緒に煮込むのがいいらしい。

しかしここは乙女の園である。うかつに牛肉など出せば、食べられない者が続出するのは間違いない。

豚肉よりはまだ馴染《なじ》みがあるかもしれないが、洋食屋にでも生まれない限り、そう簡単に肉を口にするものではない。

一年のうちで十回も家庭で牛肉を口にすれば、そこそこ先進的な家庭だと言える。おてんばぞろいで通っている椿山女子大ではあるが、朝から牛肉をかじるほど肝《きも》の据わった生徒はそうはいない。

「とにかく作りながら考えましょう」

そう言うと、八重は厨房の床にまな板を置くときちんと正座をした。

雫と虎姫も並んで正座すると、まず馬鈴薯の皮を剥《む》く。馬鈴薯を二人にまかせると、八重は鰹節をかくことにした。

料理をする時に、八重は鰹節をかくのが一番好きである。鰹のいい香りが一番感じられるのはこの時だ。これればかりはどんな食通も感じることができない、料理をする人間だけの楽しみである。

「そういえば、鈴川では料理は座ってするの？」

「うちは立ってするわ。厨房はお湯を流したりして危ないから。立って下駄よ」

「料理は立ってするのと座ってするのはどっちが楽なのかしら。うちの厨房では立って料理をしているわね」

「うちも立っているな」

「そのうちみんな立って料理するようになるんじゃないかしら。こうやって野菜を刻んだりするのは座っている方が楽だけど、水回りは立っている方が楽だから」

鰹節をかいてしまうと立ち上がる。寮にはガスが通っているから、鍋《なべ》の水はガスで沸かすことができる。

七輪は床の上の方がいいが、ガスとなると立って調理した方が楽な気がした。ガスがあるおかげで立っての料理が流行る気がする。

「ここの寮も立って料理してもいいのではなくて」

雫に言われて、それもそうかと思う。明治の乙女として、いつまでも江戸っぽく座って料理をする必要はない気がした。

剝いた馬鈴薯を櫛形《くしがた》切りにして軽く茹《ゆ》でる。煮るわけではないから、串が通るくらいになればそれでいい。

茹でた馬鈴薯を準備して、竹輪も切る。それから大根の皮を剝いて刻む。フライパンをガスで熱すると、胡麻油をたっぷりとひく。そうして馬鈴薯、竹輪、刻んだ大根の皮を一緒に炒《いた》めた。

火が通ってきたところに少量のバタ。そして砂糖と味噌《みそ》を入れて絡める。鰹節で取った出汁を加えてひと煮立ちすれば出来上がりである。

「これは香りがいいわよね」

雫がうっとりと言った。

「それはいいから、さっさと支度しましょう」

主菜は馬鈴薯と竹輪の味噌炒め。それから豆腐《とうふ》の味噌汁。漬物はなくて、新鮮な大根にからし醬油をかけたもの。である。馬鈴薯は大皿に盛ってある。

新鮮な大根はシャキシャキしていて、刺身のような感覚で食べる方が美味しい。贅《ぜい》沢《たく》をする時はわさび醬油を使うが、普段はからし醬油を使っていた。

料理を運ぶと、寮生たちが歓声をあげた。

「この馬鈴薯は洋食なの？」

「そうですよ。味噌バタ炒めです」

八重が言うと、あっという間に箸《はし》が伸びてみなの口の中に入っていく。

「味噌とバタと馬鈴薯の組み合わせって黄金よね」

そう言いながら、あっという間になくなっていく。

「わたくしたちも食べましょう」

雫が慌てたように言って、席に座る。

確かに放っておくとなくなりそうだ。八重も素早く食べる。

自分で言うのもなんだが、今日の料理はよくできている。お客様に出したとしても恥ずかしくないという自信はあった。

ただ、これが竹輪ではなくて牛肉なら、もっと洋食らしいのに、とは思った。

食べ終わると、片付けは寮生たちの仕事である。八重たちはあくまで作るだけだ。

寮生たちに先進的な洋食を食べさせるために学校が便宜を図ってくれているのである。

八重の通う椿山女子大は、三井財閥《みついざいばつ》の肝いりで作られた女子大である。軽井沢《かるいざわ》にある別荘も三井財閥のものをそのまま使うことができた。

「今日もスッキリ作れてよかった」

「お父様がぎゃふんと言いそう？」

「それは無理ね」

八重は肩をすくめた。

「この料理は単に馬鈴薯を使っているだけで、里芋《さといも》を使っても同じような料理ができるでしょう。つまりまったく新しくないし料理人なら誰でも考えることのひとつでしかない。そもそも店で出す料理ではなくて家庭料理ね」

「なかなか難しいわね」

「相手は本物の料理人だから難しい」

八重が言うと、雫がからかうように言った。

「洋食屋に嫁げば自動的に洋食屋になれるわよ」

「それは嫌」

八重は即座に否定した。

「夫の実家の方針に従った洋食屋なんてやりたくない。わたくしは鈴川を洋食屋にするか、暖簾《のれん》分けをしてもらって自分の店を持ちたいの」

「女だてらに」

「そうは言うけど、旅館なんかみんな女将《おかみ》が仕切っているじゃない。夫と並んで立つのは構わないけど黙って従うのは性分に合わないわ」

「まあ、気持ちは分かる」

虎姫がにこにこと言うと、授業に行こう、とうながした。

「とりあえず我々は、女学生だからな。勉強に励んでおこうじゃないか」

八重は教室に向かいながら、ふっと馬鈴薯のことが気になった。

どんなお客が馬鈴薯を食べたいと言い出したのだろう。


「今日は銀ブラと行かないか」

虎姫が誘ってきた。隣には雫もいる。

銀ぶら、というのは、「銀座を」「ぶらぶらすること」である。だが、虎姫の銀ブラは、最近できたパウリスタというカフェに行くことである。

パウリスタはブラジルから輸入した豆でコーヒーを飲ませるカフェである。銀座でブラジルコーヒーだから銀ブラというわけだ。

「虎姫はコーヒーが好きねえ」

「まったく好きではない。苦いだけでどこがいいのかまるで分からない」

「ではなぜパウリスタに行くの？」

「あそこは慶應大学の学生がたまり場にしている。将来有望な金持ちの子息が私を見初めるかもしれないだろう」

「学習院ではなくて慶應なの？」

「学習院は確かに家柄はいい。しかし実業家の子息となると慶應だろう。どちらかと言うと金を握ってるやつに見初めてほしい」

「虎姫って本当に夢のないことを言うわね」

雫があきれたように言う。

「何を言ってるんだ。夢だらけじゃないか。必ずいい男を摑《つか》んでみせる。それに私はストロベリーは嫌いなんだ」

それから八重の方を見てニヤリと笑う。

「八重はストロベリーが好きそうだな」

「洋食屋希望だからね。その方がいいわ」

ストロベリーというのは、貯金をしっかりする真面目な男で、面白みはないが堅実な人の隠語だ。

もとは越後《えちご》の人間が真面目ということで、越後、苺《いちご》、ストロベリーとなったらしい。

頭の中にふっと厨房で働いている洋一郎のことが浮かんだ。あれはいかにもストロベリーっぽい。

と言っても付き合っているわけでもなんでもない。

もしかしたら将来夫になるのかもしれないが、それは随分先の話だろうし、そもそも恋という感じもしない。

「八重のストロベリーはどんな感じの人なの」

雫が興味津々《しんしん》という感じで訊《き》いてきた。

「どんなも何も、恋人でもなんでもないわ。そもそも結婚するかどうかも分からない、ただの板前よ」

「ただの板前が相手なのか」

虎姫もにやりとする。

「だから相手ではありません。そういう間柄でもありません」

「何て呼ばれているのだ」

「八重お嬢さん」

「八重は？」

「洋一郎さん」

「洋一郎さんね。なかなかいい名前じゃない」

「洋一郎さんと八重お嬢さん、という組み合わせもなかなかいいぞ」

二人でくすくすと笑う。

「からかわないで。わたくしも今日のところは忘れます」

八重はすぐに頭の中から洋一郎を追い出すと、虎姫たちに付き合うことにした。

自転車で学校を出ると、今度は朝とまったく違う商店街に出合うことになる。朝は罵声で迎える商店街だが、帰り道は一転して友好的になる。

「お嬢さん、甘酒はどうだい」

酒屋の主人が声をかけてきた。

「冬なのに甘酒があるのですか？」

「女学生は甘酒が好きだろう。だからうちは冬でも甘酒を扱うのさ」

甘酒の旬《しゅん》は夏だ。甘酒は夏の季語である。そうは言っても寒い時の甘酒は格別の美味しさがあるから、最近は冬の甘酒も人気が高い。

もちろん八重も大好きで、どうだと言われて断る気持ちにはならない。

「では三つ」

八重が言うと、酒屋の女将が湯のみに入った甘酒を三つ、盆《ぼん》に載せてきた。脇《わき》に小梅が添えてある。

甘酒を一口飲むと、かすかな生姜《しょうが》の香りとどっしりと軽い甘酒の味が喉《のど》の奥に広がった。甘味はどっしりとしているのだが、飲み口は軽い。

そして舌の上というよりも喉の奥で甘味が広がっていく。

添えられた小梅を半分かじる。酸味のある塩味が舌に心地いい。

舌に塩味が残っているうちに甘酒を飲むと、今度は甘味が舌の上にも広がって、甘味の領地が広がっていく。

これはよい酒粕《さけかす》を使っているからそう思うので、悪い酒粕だとむしろ苦味を多く感じてしまう。

「いいお酒ですね」

思わず言うと、酒屋の主人が顔をほころばせた。

「おう。甘酒は酒粕がよくないとな」

それから、店の主人は照れたような表情になった。

「勉強してるお嬢さんたちのことは応援してるんだ」

毎朝の罵声は本気ではないですよ、という主張らしい。

「分かっています」

基本みんないい人なのだ。罵声を浴びせるのは一種のお祭りのようなもので、嫌われているわけでは決してない。

甘酒を飲み終わると、八重は財布《さいふ》を出した。

「おいくらですか」

「これはいいよ。毎朝いいもの見せてもらってるからね」

「ありがとうございます」

素直に好意を受け取ると、八重たちは銀座に向かって出かけることにした。

日露戦争が終わった後、銀座にはさまざまなカフェが出現した。

パウリスタはそのうちの一軒で、とにかくコーヒーが美味しいというのが店の売りであった。

席につくと、テーブルの上の品書きを見る。

「わたくし、コーヒーのどこがいいのか、まったく分からないのよね」

「詩人の味がするじゃないか」

虎姫が言う。

「詩人て誰」

「例えばダンテとか？」

「そのコーヒーは地獄の味がするのではなくて？」

八重が言うと、虎姫が得意げな顔をした。

「コーヒーはな、非難も賞賛もされない悲しい魂に、燃え立つような刺激を与えてくれるじゃないか」

虎姫の言葉に、雫が噴き出した。

「そんなこと言ったって、いつも砂糖は大盛りで、ミルクだってものすごくたくさん入れてるじゃない。最近は店の人にすっかり覚えられて、虎姫のミルクは湯のみに入っていてコーヒーよりも多いくらいでしょう」

「無理しないでホットミルクを頼めばいいのに」

八重も言う。

「なんといってもコーヒーだ。コーヒーを飲む女はかっこいいだろう。私は恰好をつけたいのだ」

「かっこつけたいなら無糖でいきなさい」

「無理だな。苦いから」

「胸を張って言うことではないでしょう」

雫があきれたように肩をすくめた。

「仕方ないだろう。苦いんだから」

虎姫が言うのに、八重は言葉をかぶせた。

「知ってる。男の人が女に言い訳するのに、仕方ないって言葉を使うのが最低なんだって」

「私は女だから問題ない」

虎姫がすまして言ったのがなんだかおかしくて、八重と雫は声を揃《そろ》えて笑ってしまった。

「今日は秘匿兵器を持ってきた」

そう言うと、虎姫は鞄《かばん》からみたらし団子《だんご》を取り出した。

「カフェに団子を持ち込んで食べるつもり？」

「もちろんだ」

「いくらなんでもお行儀が悪すぎるでしょう」

「まあ、見ていろ」

虎姫は、給仕を呼ぶと団子を三本手渡した。

「これを注文したいのです。いけませんか」

「もちろん構いません」

給仕は団子を受け取ると、店の奥へと引っ込んだ。しばらくすると西洋風の綺麗《きれい》な皿に団子を一本ずつ載せてやってきた。

八重たち三人の前に置く。

「どうぞご賞味ください」

まるで自分の店の商品のように置いてくれた。

「呆《あき》れたわ。虎姫。これではお店に申し訳ないでしょう」

「この次来た時、ライスカレーでも注文する」

「注文は賛成だけど、女の子がライスカレーはないでしょう。ホットケーキなり、サンドイッチなりあるじゃないの」

雫がたしなめる。

確かに、カフェでライスカレーは少々はしたない気がした。

「八重は洋食屋をやりたいんだろう。外でさまざまなライスカレーを口にできないようで洋食屋などとよく言えるな。お前の意地は少し恥ずかしいぐらいで引っ込むのか」

「わたくしはライスカレーには反対していません」

それから雫に顔を向ける。

「三人でライスカレー。それが友情というものね」

「簡単に裏切るわね、八重は。まあいいけど」

言いながら、雫は団子を口に入れた。

「美味しい。どこのお店の？」

「家の料理人が作った。なかなかの出来だろう」

「本当に美味しい」

八重も感心した。団子は単純な料理だがそれだけに難しい。少しでも手を抜くと舌ざわりの悪いざらざらした団子になってしまう。

かけてあるタレも上等のものだ。みたらし団子は醤油と砂糖でいい塩梅《あんばい》のタレを作らなければならない。醤油の味が勝ちすぎても砂糖の味が勝ちすぎてもだめだ。

「馬鈴薯もみたらし団子みたいにならないかしら」

「馬鈴薯団子は美味しいのかしらね。想像できないわ」

雫が首をかしげる。

「わたくしも想像できない」

「じゃあ駄目じゃないの」

八重は溜息をついた。父親を納得させる料理にはまだ遠いようだ。

その日は、虎姫言うところの「収穫なし」だったようだ。

三人が揃っているところに声をかけてくる男子学生はいなかった。少々身持ちが堅いように見えたのかもしれない。

一時間ほどカフェにいて、家に戻ったのは午後六時だった。

店の前に一台の自動車が止まっている。運転席では運転手が退屈そうに煙草《たばこ》を吸っていた。車体は小ぶりなもので、今日の客が少人数だということを示している。日本はまだ自動車をほとんど輸入していないから、かなりの富裕層には違いないがしろにはできない客なのだろう。

自宅ではなくて店の方に入ると、洋一郎が八重を見て、表情を輝かせた。

「お嬢さん、いいところに戻られました」

「どうしたの？」

「親方が、馬鈴薯を料理したくないとごねているのです」

やれやれ、と八重は思う。もちろん子供っぽいわがままとも言える。しかし、料理人としてのこだわりの表れとも言えた。

鈴川は、父親が大切に思っている縄張りだ。だから、万が一にも料理の失敗を予感させることが嫌なのだ。

馬鈴薯は鈴川で扱ったことのない食材だ。それだけに万が一が起こった時のことを考えて嫌がっているのだろう。

そうは言っても客が馬鈴薯と言っているのだから、受けた以上は作らないということもできない。

洋食の素材をどう扱うかは、料理界全体の課題で、老舗ほど時代についていけないで困っているのがいまのご時世だった。

「一体どんなお客様が馬鈴薯を頼まれたの？」

「たいそう上品なご婦人が二人で見えました」

「女性二人で食事とはまた珍しいお客様ね」

夫に連れられずに外食となると、よほど先進的か水商売かだ。洋一郎の様子からすると先進的な方だろう。

これはいい機会だ、と八重は思った。

「お父様に会ってくるわ。ところでお客様って、どちら様？」

「鉄道会社の方の奥様と、銀行家の奥様だそうです」

すると上方《かみがた》の客ではないようだ。八重の予想もまだまだ全然アテにならない。

「よく分かりました」

八重は答えると、父親のいる奥に向かおうとした。ふっと思い立って洋一郎の方を振り返る。

「わたくしに何か言うことない？」

「ありません」

「そうよね」

八重のリボンが赤だろうと紫だろうと洋一郎が気が付くようなことではないだろう。まったくストロベリーというのはどうにもならない。

洋一郎の返事を聞くと、八重は父親のもとに急いだ。厨房の奥にもうひとつ部屋があって、そこは父親の勇児が考えごとをする部屋だった。

「ただいま戻りました」

「遅い」

勇児が不機嫌な声を出した。

「そろそろ料理をしないと間に合いませんよ」

「分かってる」

「お父様。差し出口をしたいのですけれども」

「なんだ」

勇児が八重を睨《にら》む。なかなか迫力のある表情で、昔は八重も怖くなって何も言えなくなっていた。

だが、今では言うことは言う。普通の家庭で娘が父親に意見をするのはなかなか勇気のいることだ。だが、料理屋や旅館となると話が違う。

店の経営を女将がやるのは普通のことで、女の意見が強い職種などがある。

「今日のお客様は洋食を召し上がりたいのではないかと思っています」

「本気で言ってるのか」

「本気です」

「俺に洋食なんか作れって言うのか」

勇児の言葉に怒りがにじむ。勇児からすれば洋食は軽薄なもので、作りたくもないのだろう。

「お父様は料理の伝統を守るために料理をなさっているのですか。お客様を満足させるために料理をなさっているのですか。生意気と思われるかもしれませんが、今日のお客様には洋食を出した方がいいと思います。少なくとも馬鈴薯は」

八重に言われて、勇児は唸《うな》った。これは八重の方が正論である。料理屋なのだから客が喜ぶものを出すべきだろう。

勇児がさらに何か言おうとした時。

「話は聞かせてもらったわ」

戸が開いて、母親の海子《うみこ》が颯爽《さっそう》と入ってきた。

鈴の模様をあしらった黒い訪問着に紫色の羽織《はおり》を纏《まと》っている。キリリとした顔立ちと相まって新橋《しんばし》辺りの芸者だと言われれば誰もが納得するだろう。

「お前また、そんな派手な恰好で出歩いてるのか」

「料理屋の女将が地味な恰好で道のすみっこを歩いてるわけないでしょ」

海子は鼻で笑う。勇児は妻には歯がたたないので、口をつぐんだ。

海子が八重の方に目をやった。

「そこまで言うからには自信があるんだろうね」

「もちろんです」

「私に恥をかかせたら髪を切って尼寺《あまでら》にやっちまうよ」

海子は笑顔で言ったが、勇児よりも迫力がある。父親はかけ声は恐ろしいが、最後のところでは甘い。だが、母親の海子は本当にやってしまうだろう。

「どうぞご自由に」

答えながら、心がうきうきと躍《おど》る。父親に洋食で勝負を挑む機会が思ったより早くやってきたのである。

「分かった。馬鈴薯はまかせる。お前が作るのか」

　勇児が気を取り直して言ってきた。

「調理は洋一郎さんにまかせます」

「まあ、それがいいだろう。お前の腕じゃ客に出せる料理は作れないからな。好きにしな」

「頑張ってね」

　海子は八重を送り出しながら、勇児に抱きついた。

「すねちゃあ駄目だよ。私はあなたが好きなんだから」

「分かってるよ」

　はいはい。好きにのろけてください、と思いながら八重は部屋を出た。この両親の仲のよさは若い自分には少々目の毒だ。

　八重は厨房に戻ると、洋一郎に声をかけた。

「お客様のところに案内してもらってもいいかしら」

「どういうことですか」

「わたくしにいい考えがあるのです」

　八重は自信を持って答えた。

　女二人で、しかも馬鈴薯というからには必ず理由がある。馬鈴薯はどちらかというと庶民の食べ物だから、華族などでは嫌う家も多い。

だからお忍びで食べに来たのだろう。先進的で食いしん坊。ということは洋食にも興味があるのではないだろうか。

「わたくしの予想では、お客様は洋食をお望みよ」

「それは無茶でしょう」

洋一郎が即座に反論した。

「お嬢さんが洋食を好きなのは分かりますが、お客様が洋食をお望みというのは強引です。推理ではなくて願望でしょう」

「ずけずけ言いすぎではなくて？」

「すいません」

「でも、洋一郎さんの考えも分かるわ。だから行って訊いてみます」

洋一郎は反対するのをあきらめたらしい。

八重は客のいる部屋に入ると、お辞儀をした。

「はじめまして。この料理屋の娘、八重と申します」

「その服は女学生ね」

八重の恰好は海老茶の袴だから、一目で女学生と分かる。

「はい。椿山女子大です」

「ああ。三井の肝いりの。うちの夫の会社も少し出資しているのよ」

どうやら銀行家の奥方らしい女性が顔の表情をゆるめた。親近感を持ってくれたらしい。

「それでどうしたの」

「今日の馬鈴薯ですが。もしかして洋食がお望みではないかと思って伺ったのです」

「なぜそう思うの」

「表の車は、馬鈴薯を北海道に輸入した川田《かわだ》男爵が乗っているのと同じ車でしょう。旦那様のお仕事が鉄道と銀行ということを考えると、北海道から何か運んでくることに関係があるのかと想像したのです」

「聡明なお嬢さんね。確かにそういう話はあるけれども、今日のところは単純に美味しいものを食べに来ただけなのよ」

「すいません。余計なことを考えてしまいました」

「でも馬鈴薯の洋食は食べたいわ。是非お願いしたいわ」

二人はそう言って笑顔を見せた。どうやら悪い印象ではなかったようだ。

「今日はよろしくお願いいたします」

八重はそう言うと、お辞儀をして部屋を辞した。

想像と全然違っていたらしい。たまたま好意を持たれたからよかったものの、最初から大失敗するところだった。

冷や汗をかきながら厨房に戻ると、大きな態度で洋一郎に向かって胸を張った。

「いい洋食を作っていただきます。洋一郎さん」

「作るのは俺なんですね」

「当然でしょう。板前なんだから」

「分かりました。それで何を作ればいいんですか」

洋食と言ってはみたものの、八重の中にもいい方法はない。

ふと、今日食べた団子のことを思い出す。

「みたらし団子のようなものを作れないかしら」

「団子ですか?」

「今朝食べたお握りのようなものでもいいわ。馬鈴薯を練って何か新しいものを作れないかしら」

洋一郎は顎《あご》に右手を当てて考え込んだ。

料理について真面目に考え込む時は、洋一郎は顎に右手を当てる。他のことで考え込む時は顎に当てるのは左手だ。

なぜ手が変わるのか本人にも分からないらしい。そういうところは子供っぽくてなんだか可愛《かわい》らしい感じがする。

「分かりました。なんとかやれると思います」

「本当？」

「料理のことで嘘《うそ》なんてつきませんよ」

そう言うと洋一郎は勇児のところに相談に行った。

「最後の品の前に出させていただくことになりました。こうなったからにはお嬢さんも作るのを手伝ってくださいよ」

「もちろん手伝うわ」

八重は気持ちが浮き立つのを感じた。これで鈴川でも洋食を出したことになる。

「まったくおてんばですね。この鈴川で洋食を出そうなんて」

「これからの時代は洋食でしょう。この十年で、東京府内だけで千五百軒も洋食屋が開店しているのよ」

「腕が悪くても参入できるから店が多いだけですよ。目新しさだけで勝負しようなんて料理人としては軽いですね」

「洋食は素晴らしいわ」

「俺にはよく分かりませんね」

　洋一郎に言われてかちん、と来る。父親だけかと思ったら洋一郎まで頭が固いとは思わなかった。

「では、これから洋一郎さんは素晴らしくない料理を作るの？」

「いや、多分かなり美味しいものができます」

「その美味しいものは洋食なんでしょう」

「確かにそうですが、これを鈴川の献立《こんだて》に入れたいとは思いませんね。美味しくても店の献立に入らない料理だってあるんですよ」

確かに鈴川には向かないかもしれないが、正面から否定されたようで気分が悪い。と言っても言葉で何を言っても仕方がない。

料理の最中に洋一郎の気分が変わる機転を思いつくしかなかった。

厨房の一角を借りて、八重と洋一郎は馬鈴薯を料理することになった。

洋一郎は黙ったまま、馬鈴薯を茹ではじめた。お湯がしゅうしゅうと沸き始めると、部屋の空気にかすかに馬鈴薯の匂いがまざる。

しばらく黙って馬鈴薯の匂いに包まれる。

「なんだか野暮《やぼ》ったい匂いね」

「落ち着く匂いです。俺が野暮ったいせいですかね」

何か悪いことを言ってしまったのだろうか。うまいことを言ってこの場を取り繕《つくろ》いたい。

「浮ついた人より、野暮ったい人の方が安心できる気がするわ」

「お世辞はいいです。それよりも茹で上がりました」

「別にお世辞じゃないわよ」

ふん、と洋一郎に向かって舌を出す。

「そうやって褒《ほ》め言葉をお世辞なんて言っちゃうのはまさに野暮だわ」

「すいません」

洋一郎は無表情で謝ると、馬鈴薯を器に入れてしゃもじで潰《つぶ》しはじめた。そうして片栗粉《かたくりこ》を混ぜて団子のように丸めた。

「丸よりは、もう少しお餅みたいにした方がいいのではなくて？」

「そうですね。その方が印象はいいかもしれない」

丸餅のようにすると、洋一郎はふたたび右手を顎に当てた。

「どうしたの？」

「こいつは少し迷いますね」

「何を」

「この馬鈴薯にバタを合わせようと思うんです。馬鈴薯とバタは相性がいいですからね。その時に、味噌で味をつけるのか、醤油で味をつけるのか。だとしたらどんな味噌でどんな醤油なのか。考えないといけません」

「洋一郎さんはどう思うの」

「そうですね。今回はたまり醤油を使おうと思います」

「ああ、あの濃いやつね」

八重も納得する。旨味《うまみ》と甘味が濃いから、タレを作る時には使う。鈴川は鰻《うなぎ》は扱わないが穴子《あなご》には使うこともある。

そうすると、やや甘味のある料理にするということだろうか。甘味のある馬鈴薯ならもう少しすっきりした醤油の方がいい気もする。

「疑問がありますか。八重お嬢さん」

「そうね。たまり醤油もいいけど、もう少しすっきりした醤油の方が馬鈴薯には合っている気がするの」

「バタを合わせますからね。それに今回する工夫にはたまり醤油の方がいいんです」

「分かったわ。楽しみにしてる。でもどうしてバタと馬鈴薯は相性がいいのかしら」

「俺が思うに、馬鈴薯は油というもの全部と相性がいい。例えば馬鈴薯を鍋で煮た後に、いい胡麻油をかけてやると旨味が随分膨らむんですよ」

「それは確かに美味しそうね」

言ってから、なんとなく違和感を覚える。

どうして洋一郎は馬鈴薯の料理方法に詳しいのだろう。鈴川は馬鈴薯を認めていないから詳しくなるわけがないのだ。

「なぜ馬鈴薯の料理方法を知っているの」

「お嬢さんが洋食だ馬鈴薯だと騒ぐから、つい気になって調べたんですよ」

「そうなのね。嬉《うれ》しい」

「なぜですか」

「だって自分が好きなものに興味を持ってくれるのは嬉しいわ」

「俺も馬鈴薯のことが分かって嬉しいです」

「同じものを好きな相手がいるっていいわね」

「まったくです」

やはり感情のこもらない声で洋一郎が言う。実は馬鈴薯が嫌いなのかもしれないと思うような声だ。

「では作りましょう。しかし、こいつは料理人には少々厄介《やっかい》です」

「難しいの？」

「とにかく美味しいんです。茹でて、マヨネソースをかけただけでももう相当な美味しさです。家庭料理としては最高の食材のひとつです」

「ではなぜ厄介なの」

「料理人ですから。お金を頂いて料理を作るからには、お客様には喜ぶだけではなく驚いていただきたいのです。うまいものをただうまく食べさせるのではつまらないでしょう」

「洋一郎さんの矜持《きようじ》なのね」

「はい」

馬鈴薯がだんだんと餅のような形になっていく。しっかりと丸餅のように丸めると、今度は人参《にんじん》を細く刻みはじめる。

「色として味気ないですからね。そこの皿を取ってください。緑色のやつです」

人参をすっかり刻んでしまうと、フライパンを火にかける。

「今日は洋食ですから、オリイブオイルを使います」

言いながら、オリイブオイルをフライパンに入れる。

「こいつはなかなか香りが強いですが、青魚なんかとは相性がいいですよ」

そういう洋一郎の表情は楽しそうで、八重を相手にしている時とは全然違う輝いた表情をしていた。

それはもちろん、勤め先のおてんばな小娘の相手よりはフライパンの相手をしている方が楽しいだろう。料理人なのだから。

オリイブオイルのいい香りがあたりに漂った。馬鈴薯の野暮ったい匂いをオリイブオイルの華やかな香りが包んでいく。

あっという間に完成させると、洋一郎は素早く皿に盛った。馬鈴薯を囲むようにして人参を配置する。

「都会のお嬢さんに囲まれた田舎《いなか》の男というところですね」

そう言うときびきびした声で八重に言う。

「この料理は美味しい時間は長くありません。お客様にも急いで食べるようにお願いしてください」

確かに、冷めてしまうと台無しだろう。

八重は慌てて客のところに持っていく。

「お待たせしました」

八重は客の前に皿を置くと、頭を下げた。

「この料理は冷めると美味しくありません。よろしくお願いします」

八重の態度のどこがおかしかったのか、二人とも声をあげて笑った。

「はしたなかったですか？　すいません」

「いいえ。元気で嬉しいわ。辛気臭《しんきくさ》い顔でやってこられたら料理までしぼんでしまうではないですか」

二人は八重の言うとおり、素早く箸をつけてくれた。

「美味しいわね。馬鈴薯はもう少し野暮ったい味かと思ったけど、これはかなり華やかな感じがするわ」

「これはなんというお料理なの？」

名前を訊かれて、しまった、と思う。何も考えていなかった。馬鈴薯餅というのが一番近いが、洋食と言ったのに餅はないだろう。

「馬鈴薯トーストです」

野暮ったい名前だと思いつつも、餅よりマシだろうと思う。

「小麦のかわりに馬鈴薯を使ったトーストです」

「なんだかお餅みたいね」

耳に痛いことを言いながら、二人とも馬鈴薯を口に入れる。

「これは美味しいわね。オリイブオイルの香りがして美味しい。バタともよく合うわ。そしてなんだか醤油の味がするというか」

銀行家の奥方が言葉を濁《にご》した。

「醤油が美味しく感じるわね。バタとオリイブオイルに隠れているけど。舌の先に醤油が触れる感じがする。味というよりも風味かしら」

「ご満足いただけましたか？」

「うん。美味しい。この店はいい店ね。また使うわ。海子さんにも満足したって言っておく」

どうやら、この二人は母とは懇意らしい。

「ありがとうございます」

「私は唄子《うたこ》。こちらは美琴《みこと》さんというの」

銀行家の奥方は唄子というらしい。

名乗ってくれるということは、気に入ってもらえたということだ。これはかなり嬉しいことである。

八重は二人に礼を言うと、急いで厨房に戻った。

「お客様が喜んでくれたわ」

「それはまあ。当然だとは思います」

特に感慨もなさそうに言うと、洋一郎が西洋林檎《りんご》の載った皿を出した。

「林檎じゃない。いいの？」

「内緒ですよ」

近年栽培されるようになった品種は西洋のものだから料亭ではあまり出さない。嬉しくなって、八重は急ぎ足で林檎を持って行った。

林檎を出すと、二人は嬉しそうな表情になった。

「あら、林檎ね」

それから唄子が、首をかしげた。

「でも、お堅い鈴川がよく林檎なんて出したわね」

「洋一……うちの板前が出してくれたのです」

「ふふ。フルーツなんてハイカラね」

唄子が口元をおさえて笑う。

西洋林檎やパイナップル、バナナなどはフルーツ。桃や柿《かき》、梨《なし》などは果物。そうやって分けるのがハイカラなのだが、これはあくまで一部の人の文化で、一般的にはあまりそういう分け方はしていない。

だから唄子は、かなりハイカラな生き方をしているということになる。

「八重さんは洋食がお好きなの？」

「大好きです」

「そう。今度お茶でもしましょう。海子さんにこと付けをしておくわ」

「ありがとうございます」

八重は嬉しくなった。ハイカラな客にほめられるのがすごく嬉しい。

軽い足取りで厨房に戻ると、洋一郎が料理の準備をしていた。

「なにをしているの」

「お嬢さんにも召し上がっていただこうと思って」

言いながら、洋一郎はぱっとフライパンで馬鈴薯を焼いた。

「八重お嬢さんには人参はなしですが。どうぞ」

皿も白い瀬戸物である。やや風情には欠けるが、気にせず口に入れる。

オリイブオイルの香りが最初に口の中に広がった。それから馬鈴薯の甘味が追いかけてくる。さらにバタの風味が馬鈴薯の甘味を引き立てるように口の中に入ってくる。

行儀のよい行進というわけではなくて、いっしょくたに押し合いへし合いしながら口の中に旨味を押し込んでくる感じだ。

そして最後に、喉の奥に馬鈴薯の甘味が落ちていく頃に、舌に醤油の味が触れる。味というよりも香りというべきだろうか。

控えめな醤油味が、旨味の後ろをこっそりついてくる気がした。

柔らかな餅のような感触が喉を奥まで撫《な》でながら体の中に落ちていく。

「美味しいけど……」

「けど？」

「なんだか不思議な味ね。団子みたいでも餅みたいでもあるし、でもしっかり洋食だし。醤油も美味しい。そういえば、なぜ醤油が美味しいと感じるの？」

料理を食べる時に、醤油が美味しいと感じることはまずない。醤油は美味しい調味料だが、美味しいと意識するには控えめな調味料でもある。

まして、バタやオリイブオイルと一緒なら、醤油が目立つということはあまりないような気がした。

「バタもオリイブオイルも美味しいですが、少しだけ塩気に欠けますからね。そこで醤油なんですが、たまり醤油だと少々行きすぎな気もしたので、普通の醤油を少し混ぜてあっさりめにしたんですよ」

「混ぜたのね」

「せっかくのお嬢さんの意見ですからね。使わせていただきました」

「ありがとう」

何と言っていいのか分からなくて、つい礼を言った。

「使わせてもらったこちらが礼を言うものでしょう」

「この場合は違うと思うけれども。どちらにしてもありがとう」

二人で頭を下げあっていると、海子がやってきた。

「頑張ったね。お二人さん」

「頑張ったのは洋一郎さんです。わたくしではありません」

「でも洋食と差し出口をしたのはお前だろう。やってもいないことをやったというのはみっともないけどね。やったことをやってない、というのは嫌味って言うんだ。覚えておきな」

「ごめんなさい。お母さま」

「じゃあ風呂《ふろ》に入っちまいな」

海子が言った。

風呂から出ると、家庭用の台所に食事の用意がしてあった。

どうやら海子が作ったらしい。母親の作った料理は一目で分かる。ご飯以外はケチで塗《ぬ》り固めたような料理である。

今日の料理は大根の皮の炒め物。漬物の端切《はしき》れ。それから味噌汁である。ご飯はおひつに入れてあるのを好きに食べろということらしい。

料理屋で美味しいものを食べるのはお客様で、家族は贅沢をするものではないというのが海子の主義だ。

ただし、それはまずいものを食べるという意味ではない。

八重は海子の料理が好きである。ケチといいつつも、料理は材料ではなく腕だということを見せてくれる。

大根の皮は刺身のツマのように細切りにしてある。それを唐辛子と胡麻油でさっと炒めて、醤油で作ったタレをかけてある。

たまり醤油に少しだけ甘味をつけていて、店で出すタレほどは甘くない。唐辛子の辛さがぴりりと引き立つ程度の甘さである。

絶妙にご飯が進むタレで、これは勇児にも洋一郎にも出せない海子だけの味だ。

漬物の端切れには薄く溶《と》いたからしが塗ってあって、漬物の味が何倍にも引き立つ。

これも海子だけの味である。

そして味噌汁の具は馬鈴薯の皮であった。土臭さが味噌とうまくとけあって、優しい味わいになっている。

これは八重には考えもつかなかった。

要するにとてつもなく料理のうまい母なのである。

おひつのご飯を空にしてしまって、なおかつ用意されたものを全部食べると、食器を片付けた。

そうして部屋に戻ってさっさと寝る。

今日は楽しかった。そして洋一郎は、ストロベリーではなく馬鈴薯だと思う。

そんなことを考えていたらあっという間に眠りに落ちた。

目が覚めるともうすっかり朝で、学校に行く支度をしなければいけない時間だった。

「おはようございます」

洋一郎が声をかけてきた。

「お嬢さん、食べていただきたいものがあるのです」

「なあに?」

洋一郎が、八重を少し待たせて作ったのは、昨日と同じ料理である。ただし、昨日食べたものよりずっと美味しい。

「なにこれ。美味しい。昨日のよりずっといいじゃない」

「昨日、あのあと親方が作った料理です」

「同じ料理よね」

「はい」

洋一郎は悔しそうにうなずいた。

「同じ料理を親方が作るとこうなるんです。俺はそれを真似《まね》して作っただけなんですが、誰が食べても違うんですよ」

「どこが違うのか分からないけど、とにかくこちらの方が美味しいわね」

「一応客は満足したから合格だが、俺がただの半チク野郎だっていうのを教えてやるとおっしゃって作られました」

「なんだか腹立つわね。人を馬鹿にしているんじゃないかしら」

「とんでもない。もっといいやり方があると教えてくださったんだから優しいです」

「でもなんか悔しいじゃない。絶対にお父様をぎゃふんと言わせてやるんだから」

それから八重は洋一郎を睨んだ。

「分かっているわね。二人でやるのよ」

「分かりました」

洋一郎はやはり棒読みで答える。

その反応が少しじれったかったが、今日のところはいいだろう。

まずは学校で、雫たちに相談しよう。

そう思いつつ、「颯爽と」自転車にまたがったのであった。


そして。


「ふうん」

雫が言った。

「ふううん」

虎姫も言った。

「何よ」

「それはなかなかいい感じだな。八重のストロベリーは」

「洋一郎さんはストロベリーじゃありません。どちらかと言うと馬鈴薯なのよ」

「それはどういう意味なんだ」

「土臭くて野暮ったいけど、味はいいのよ。でもね、わたくしと話す時いつも棒読みのようにしゃべるのがちょっと気に入らない」

「ふうん」

雫が言った。

「ふううん」

虎姫も言った。

「もうその反応はナシ。いいから、今日の洋食ね」

「はいはい。何を作るの」

「馬鈴薯トースト」

「ああ。昨日の料理ね」

「本当に美味しいのよ」

料理の準備をしながら、八重は心を落ち着かせる。

あちらの方が格上なのだから、今回のところは負けも仕方がない。腕を磨いていつか必ず両親を「ぎゃふん」と言わせてやる。

料理ができると、寮生にくばりつつ、雫と虎姫にも出す。

もちろんこれだけでは朝食には足りない。だからおにぎりも一緒に出す。八重としてはトーストを出したいのだが、時間がかかる。フライパンでしっかりと焼くから朝には間に合わないのだ。

それから玉子を焼く。目玉焼きとも言うが、鈴川では「眼鏡《めがね》たまご」と呼んでいた。

結局、ご飯と眼鏡たまご。味噌汁、漬物に馬鈴薯トーストとなった。

「へえ。これ美味しいね」

虎姫が感心したように言う。

「これからは洋食の時代なのよ。うちの両親にはそれが分からないの」

「それでこれを作ったのね。二人で」

「わたくしは料理人ではないですから」

「これだけ作れれば上等でしょ」

「ありがとう」

「それで、ぎゃふんはいけそうなの」

「多分。でも、その前に」

八重は力をこめて拳《こぶし》を握った。

「あの棒読みをもう少しまともにしてやるわ」

雫と虎姫がもう一度、にやりとして言った。

「ふうん」

「ふうん」

外面《そとづら》と乙女心

　その日も、布団《ふとん》から手を出しただけで空気の冷たさが伝わる朝だった。鈴川八重は、布団の中であらためて体に気合を入れた。

　一月の朝は、気合を入れないと起き上がることすらできない。一階には厨房《ちゅうぼう》があるから暖かいが、八重の部屋のある二階は寒い。

　一応火鉢《ひばち》があるにはあるが、部屋を暖める役にはまるで立たない。とにかく起き上がって軽く体を動かす以外に暖まる手段はなかった。

　覚悟を決めて布団から出ると、布団を手早く畳《たた》んでから着替える。

　きちんと女学生の恰好《かっこう》になった頃には、寒いながらも体が目覚めて気持ちが寒さと戦えるようになっていた。

準備をして階下に降りると、出汁《だし》の香りがした。料理というよりも蕎麦《そば》に使う出汁の香りである。

そういえば、今日は蕎麦の日だったということに思い当たる。

正月があけてしばらくした十四日、「鈴川」では蕎麦を食べる。昔は十四日が「年越し蕎麦」の日だったらしい。

年末に食べる蕎麦は「晦日蕎麦《みそか》」であって、「年越し蕎麦」は翌年の一月十四日に食べるものらしい。十五日が小正月で、その前日が「正月の前」ということで年越しとなっている。

「お嬢さん、蕎麦を食べてから学校にどうぞ」

洋一郎が厨房から声をかけてきた。

「朝は学校で食べるわ」

「いいから食べていけ。縁起ものだからな」

調理場の奥から父親の勇児の声がした。八重も縁起かつぎが嫌いではないが、父親の方がずっとうるさい。

「分かりました」

答えると、居間に行って座布団に正座する。

「時間がないのだけれど」

「蕎麦はたくさん用意してあります。お友達の分もね」

洋一郎はそう言いながら、温かい蕎麦を出してくれた。一月の朝は寒いから、温かい蕎麦はことのほか美味《おい》しい。

晦日蕎麦はわりとあっさりしていて、具も少ないが、年越し蕎麦はしっかりと天ぷらをのせる。

今日の天ぷらはシジミであった。

いまの時期はなんといってもシジミが旬《しゅん》だ。鈴川ではかき揚げにして食べる。薬味を混ぜて揚げることも多いかき揚げだが、この時期のシジミを揚げるときにはそんなもったいないことはしない。

シジミだけを揚げて、薬味は別に添えることにしていた。

鈴川では白菜を添えている。頑固で、キャベツのような西洋野菜は嫌いな勇児だが、白菜だけはなんだか気に入っていて、鈴川では珍しく認められた「西洋」である。

白菜を一塩したものと一緒にしゃくしゃくと食べつつ味わう天ぷらは格別で、学校に行く時間が迫っているのが分かっていても箸《はし》がとまらない。

するすると蕎麦をすすり込んで、かき揚げを食べていると時間が早く流れていくようだ。

「ご馳走様《ちそう》」

声をかけると、洋一郎が人数分の蕎麦と天ぷらを渡してくれた。

「ありがとう」

洋一郎に礼を言うと、外に出てあわてて自転車に飛び乗る。

吐《は》く息が白いのがはっきりと分かる。これでは天ぷらも完全に冷めてしまって面白くないという感じがする。

考えごとをしながら走っていると、いつものように罵声《ばせい》が聞こえてきた。

「さっさと帰れ！」

「こっち来るな！」

沿道を埋めつくす商店街のおじ様たちが、思い思いに叫《さけ》んでいる。ひどい罵声だが、最近は慣れてしまって誰が叫んでいるのかだんだんわかるようになってきた。

八百屋《やおや》の源《げん》さんが今日も元気に叫んでいる。みなお目当ての女学生がいて、主に誰をののしるのか決まっているらしい。

源さんはとにかく八重をののしるのがお気に入りだった。

そこまで思って、葱《ねぎ》を持ってくるのを忘れたことに気がついた。蕎麦を作るのに葱がないのでは気が抜けてしまう。

揚げたての天ぷらなら葱がなくてもいいのだが、冷めたものには葱は必要なのだ。

八重は思い切って源さんの前で自転車を止めた。

「葱を二本いただきたいの」

源さんは驚いた顔をして悪態をつくのをやめた。それからあわてたように頷《うなず》く。

「すぐ持ってきますよ」

源さんが店から葱を持って戻ってくるまでの間、八重の周りの人々は誰も悪態をつかずに黙っていた。

源さんから葱を受け取ると、八重は財布《さいふ》を出そうとした。

「おいくらですか」

「お代はあとでいいですよ」

「分かりました」

葱を受け取って自転車で走り出すと、思い出したかのように悪態がはじまった。すぐそばから思い切り声が飛んでくる。

結局はみないい人たちなのだ、と、温かい気持ちになる。あの罵声も応援の一種だというのがよく分かる。

学校につくと、あわてて寮に向かう。朝食を作る時間はまだありそうだ。なんとか遅刻をしなくてすみそうだった。

寮の厨房に行くと、桃澤雫と桜木虎姫の二人はもうついていて、準備を整えていてくれた。

「遅いぞ。八重。ストロベリーといちゃいちゃしていたのか？」

「してません」

言いながら、八重は手早く蕎麦の準備をした。といっても、蕎麦に天ぷらではどうやっても洋食にはならない。

怒られはしないだろうが、「毎朝洋食を作る」という触れ込みで寮の厨房を使わせてもらっている身としては少々決まりが悪い。

「あら。今日は天ぷら蕎麦ですの？」

雫が不思議そうな声を出した。

「節句だからね。年越し蕎麦なの」

「ああ。今日は十四日だからな」

虎姫が納得したように頷いた。

「さすが古いしきたりを守ってるな。うちも明日は小豆粥《あずきがゆ》だ」

「うちもそうね」

雫も頷いた。

「さて、この蕎麦がどうやったら洋食に化けるのかしらね」

言いながら、沸かしたお湯に「わっ」と鰹節《かつおぶし》を入れる。蕎麦は鰹節をケチっては駄目だ。本当は分厚く削った鰹節でしっかり時間をかけて出汁をとるのが本格派だが、朝の寮でそんなことはしていられない。

薄く切った鰹節をしっかりと煮て出汁をとる。

さっき買った葱もたっぷりと刻んだ。

しかしどうやっても洋食にはならない。

なにか、と思ったとき、厨房のすみに赤茄子《あかなす》が置いてあるのが見えた。最近ではトマトという名前がじわじわと定着しつつある西洋野菜だ。

まだ食べ方がよく分かっていない野菜だが、干してもなかなか美味しいということでさりげなく干しておいたものである。

あれをのせれば洋食になりそうだ、と思う。

といっても、なんでも無理に洋食にすればいいというものではない。美味しいから洋食にするのであって、形だけの洋食では意味がない。

少し考えて、八重は今日のところは負けることにした。

「今日は無理。素直に年越し蕎麦を食べましょう」

「あっさり負けるんだな」

虎姫はそう言いながら、一通の手紙を差し出した。

「食後に読んでくれ」

手紙にするということは、かなり真剣な用事なのだろう。きちんとした用事のときは口で伝えるのは軽くてはしたないから、手紙にしたためるのが礼儀である。

手紙を鼻に当てると、虎姫の匂《にお》いがした。墨には香料が混ぜてあるのだが、みんな自分の匂いを作って墨に混ぜるから、文字の匂いだけで誰の手紙か分かるようになっていた。虎姫の文字はかすかに牡丹《ぼたん》の香りがする。その中にかすかに篤《あつ》い匂いが混ざっているから、悪い用事ではない。虎姫は用事の種類によっても香りを分けているから、手紙を読まなくても大体の用事は分かるようになっていた。

どうやら、なにか楽しい頼み事があるらしい。

「食事のあとと言ってるだろう」

虎姫がたしなめるように言った。

「香りをたしかめているだけよ」

「読んでいるのと同じだ」

虎姫がむくれた顔をする。

「とりあえず食べてしまいましょう」

八重は蕎麦を作ってしまうことにした。

鰹節でしっかり出汁をとると、つゆは金色になる。

一緒に生姜《しょうが》も入れて体が温まるようにする。砂糖と醤油《しょうゆ》で味をつける。本来蕎麦つゆはしっかりと寝かせるものだが、即席で作るときにはそうはいかない。寝かせていない分、味が浅い。

気を付けておかないといけないのは、つい多めに醤油を入れてしまうことだ。薄味には味を足すことができるが、入れすぎると後戻りはきかない。

雑味の多い醤油を使うと香りが立たないから、つい入れすぎてしまう。だから鈴川では野田《のだ》からいい醤油を取り寄せていた。

ガスこんろの火をとめて、醤油をすうっと落としていく。このときの香りの立ち方で醤油のよさはわかる。

香りと色をたしかめながらつゆを作る。少し薄めの味つけにしておいて、蕎麦をさっと茹《ゆ》でた。

蕎麦の上に天ぷらをのせてからつゆをかけ、最後に葱をのせる。揚げたての天ぷらも美味しいが、時間がたった天ぷらにつゆがしみこんでいくのにはまた別の美味しさがある。

「じゃあ、いただきましょう」

寮生たちも席につく。

八重の料理を食べることができるのは毎日八人と決まっている。これに雫と虎姫、八重をくわえて十一人だ。

朝の時間ではそれ以上の人数はさばけない。寮生は全部で四十人いるから、なかなか同じ相手がそろうことはなかった。

「今年もよろしくお願いします」

全員が丁寧に手をあわせる。

朝食べたばかりなので、八重の丼《どんぶり》には一口分だけ蕎麦をわけてある。天ぷらはなし。葱だけである。

この素朴な蕎麦が案外美味しい。

するすると食べてしまうと、全員がさっと食器を片づけた。このあたりは寮生として躾《しつ》けられているというか、自分のことは自分でやるようになっている。

椿山女子大学の生徒は、家で家事をすることはあまりない。だいたいがお手伝いさんに家事をやってもらって育っている。

だから寮ではなるべく家事のようなことをするようにしていた。

食事が終わるとすぐに授業である。といっても授業はゆるい。教授がなんとなく自分がたりをしているような雰囲気《ふんいき》であった。

教授からすると女子大学はやりにくいには違いない。通っている八重が言うのもなんだが、お嬢様というのは結婚して家を守るのが前提だから、大学で学んだことが役立つ可能性は低い。

それだけに授業はのどかという感じがする。

授業を受けながら、あらためて手紙の封を開いた。

「誕生会を『鈴川』でやりたし」

と書いてある。

どういうことだろう。と、八重は考えた。誕生会を鈴川で開くというのは現実味があることではない。

少なくとも虎姫の身分では、自分の意思で誕生会に呼ぶ相手を選ぶことはできない。

誕生会というのはだいたいが「おばあさま」が計画して、おばあさまが納得する出席者でおこなうことが多い。

そのときは学校の友人とはまるで違う出席者となるので、たいていの生徒が「学校用の友人」と「実家用の友人」を持っていた。

庶民の八重の家では関係ないが、虎姫にとって八重はあくまで「学校用」の友人であって実家用の友人の中には入っていない。

そして、誕生会は「家で」おこなうものだから、鈴川が「仕出し」を担当することはあっても会場を提供することはない。

つまり、虎姫としては実家を相手になにかたくらんでいるということだ。友人としては応援したいところであるが、店にとってはなかなかの面倒ごとかもしれないという予感がある。

多分洋一郎の力を借りることになるのだろうが、なんとかがんばりたい。

授業が終わると、虎姫がいそいそと八重のところにやってきた。

「なんの悪だくみなのでしょう」

八重が尋ねると、虎姫が真面目《まじめ》に微笑《ほほえ》んだ。

真面目に微笑むというのは妙な言い方だが、虎姫の微笑みにはそうとしか言えないものがたまにある。

目は大真面目なのだが、表情は涼やかな笑顔である。慣れていないと、面白がっているように見える。

だが、虎姫にとっては一番真剣なときの顔だった。虎姫は外面《そとづら》がいい。そう躾けられているし、外面のいい自分のことを好きでもある。

だから、真剣になればなるほど表情を読ませない癖《くせ》があった。

「あら、虎姫。真面目な相談してるのね」

わきから雫が声をかけてきた。

「どうして真面目って思うんだ」

「見れば分かるわよ。どうしたの」

雫の方は、表情で人の気持ちを読むのがうまい。虎姫がどんなに猫をかぶっても、雫には通用しなかった。

「雫相手ではどうにもならないな」

そう言ってから、虎姫はあらためて八重を見た。

「うちのおばあさまに洋食を食べさせたい」

「無理ね」

八重はあっさりと断った。虎姫の家は名家である。鈴川は別に場末の料理屋ではないが、名家のおばあさまが来るような店でもない。

しかも、わざわざ「洋食」というからには、食べたことがないか、食べる気すらないかのどちらかである。

「いきなり無理はないだろう」

「虎姫のおばあさまって、洋食嫌いなのではなくて？　そもそも、学校の友人と遊ばせる気なんてないでしょう」

「うん。そうだ」

「それなら無理でしょう」

「そうでもない」

虎姫は凛《りん》として言った。

「私も明治の女学生だからな。いつまでも言いなりではいたくない。友人くらいは自分で選びたいのだ。家柄ではなく人間性でな」

なるほど、と八重は思う。

要するに、虎姫は八重を「品定め」してもらうために鈴川を使いたいということだ。

この場合、料理をするのも八重ということになるだろう。

料理をもって人格をあらわす、というような風呂敷《ふろしき》を虎姫が広げたに違いない。

「うちの両親がどう言うか分からないわよ」

「私からも八重のご両親に頼む」

虎姫は頭を下げた。

「頼む、までは試してもらいましょうよ」

雫が虎姫の両肩に手を置いた。

「ご馳走様。鯛焼《たいや》きでいいわ」

「芝《しば》まで行くのか」

虎姫が肩をすくめる。

鯛焼きというのは、鯛の形をした皮に餡子《あんこ》をつめたものだ。芝のあたりで大八車を引いた主人が売っている。

浪花家《なにわや》というのぼりを立てて売りあるいているらしい。

大八車で売っているあやしげなものを食べるというのは、相当はしたない。虎姫や雫の家の者に見られたら三日は監禁間違いなしである。

「鯛焼きなんて食べて大丈夫なの？」

「もちろん平気さ。我々は先進的な女学生だからな」

八重としても、鯛焼きには興味がある。食べたことはないが、美味しそうな気がした。

洋食のことは、家で話してみるしかないだろう。

「では、行きましょう。鯛焼きに」

雫が音頭《おんど》をとった。どうやら、雫の狙いは鯛焼きにあったようだ。

そして。

芝につくと、まず感じるのは工事の匂いである。油と鉄の匂いがする。もともと漁場だった芝浜を、港にするための工事をしているのである。

日本の近代化のためには港が必要だということで、まずは芝浜に手をつけたらしい。

「お。あれがロセッタホテルか」

虎姫が嬉《うれ》しそうに声をあげた。

「観光ではないのよ」

言いながらも、八重も思わず海を見た。

ロセッタホテルというのは、ロシアの輸送船を改造したホテルだ。海に浮かぶ汽船がそのままホテルになっているから、なんといっても優雅である。

ハイカラな人がよく泊まりに行くらしい。

「日本も変わっていくのだな」

虎姫が腕を組んだ。

「そんなことといっても、わたくしたち、まだ二十歳《はたち》にもなっていないのよ。昔の日本なんて話でしか知らないではないの」

雫が笑う。

「これから見届けるのだ」

虎姫が思わず顔を赤くした。

「でも、匂いはともかく、景色は綺麗《きれい》ね」

八重はあらためて海を見る。

沖の方に船が見えるのは、どうやら海苔《のり》を育てている漁師の船らしい。その他にも船はあって、海老《えび》をとっているように見えた。

芝は海老が名物である。芝でとれるから芝海老と名前がついたほど、小海老がとれる。

いまは工事のせいで大分数は減っているようだが、沖の方に少し行けばいい海老はまだ多くいるようだった。

芝海老の旬はちょうど今頃だ。もう少しして、三月頃にはかなり大きくなるのだが、味としては一月頃の方が美味しい。

かき揚げにするのが美味しいが、とにかく油と相性がよい。もし洋食を作るなら、いまの時期は海老がいいかもしれない。

海老が嫌いな人間は少ないから、まずは候補としてはいいだろう。

「では、鯛焼きを探しに行きましょう」

金杉町《かなすぎ》のあたりでのぼりを立てて大八車を引いているのが浪花家らしい。

海岸線から少し自転車で走ると、浪花家が道端に止まっていた。あたりに人が群がって鯛焼きを買っている。

女学生はいないが、子供と女性が多かった。

後ろに並んでしばらく待つ。

「三つください」

八重が言うと、店の主人が三つ差し出してくれた。

「三つで三銭《せん》だよ」

お金を払って店から離れる。

「どこで食べるの？」

「道端だろう」

虎姫がすまして言った。

「それは無茶ではないかしら」

雫が困惑した表情で言った。

道端で鯛焼きを食べるなど、はしたないにもほどがある。誰かに見られでもしたらただではすまないだろう。

「うちの店で食べましょうよ。もう少し買ってくる」

八重はそう言うと、あらためて浪花家に向かった。

二つ余計に買うと、二人のところに戻った。

「うちの店なら大丈夫」

「そういえば、お店には行ったことがないわね」

「それはそうでしょう。わたくしたち、学校用の友人でしょう」

「それはそうね」

雫が軽く笑った。それから、少し真面目な表情で八重を見る。

「学校を離れても友達でいたいわね」

女学生にとって、学校を離れても友人でいるのはなかなか難しい。身分が高くなるほど現実味がなくなるのだ。

八重としても、ずっと友人でいられるならこれほど嬉しいことはない。

芝から麻布までは、自転車なら大したことはない。裏に三人分の自転車を止めると、二人を連れて表から入った。

「いらっしゃい」

母親の海子が店に出ていて、八重を見ると驚いたような表情になった。

「どうして……あ、いらっしゃい」

八重の後ろの雫と虎姫を見つけて、すぐに笑顔になる。

「自分の部屋におあがりなさい」

「はい」

八重は頭を下げると、二人を連れて家の中に入る。二階の自分の部屋に連れて行った。

「狭くてごめんなさいね」

声をかける。

八重の部屋は六畳だ。雫や虎姫の部屋と比べるとかなり狭いだろう。

「コンパクト、と言うのだったかな。こういう部屋を」

虎姫が八重の部屋を見まわした。

「かわいい部屋、と言うのよ」

雫が言う。

「はいはい。二人の部屋はここの四倍くらいの広さはあるのでしょう？」

「ええ」

二人が同時に頷いた。

「とりあえず鯛焼きを食べようじゃないか」

「お茶を淹《い》れてくるわ」

階下に降りると、海子が素早く近寄ってきた。

「学校のお友達？」

「ええ」

「うちに連れて来て大丈夫なの？」

これはもちろん、二人に迷惑がかからないか、という意味である。女子大学に通う生徒には身分の高い者が多い。うかつに料理屋に寄り道して、あとで叱《しか》られたりしたらかわいそうだと思ったのだろう。

「大丈夫。それよりもあとで相談があるのです」

「分かったわ。いいからお茶を持っていきなさい」

海子が手早くお茶を淹れてくれていた。お盆に載せたお茶を受け取る。お茶の隣に梅の形の「ねりきり」が添えてあった。

部屋に戻ると、虎姫はもう鯛焼きをかじっていた。

「はしたないわよ」

「八重の部屋の中でまで行儀よくしたくない」

外でもなかなか元気だとは思うが、自分の家の中では大人しくせざるを得ないのだろう。気持ちとしてはわかる。

「本当にお行儀が悪いわね」

言いながら、雫は自分もちゃっかり鯛焼きをかじっていた。

「それで、うちで誕生会というのはどういうことなの」

お茶を渡しながら訊く。

「うむ。おばあさまに言ったのだ。自分の孫の目をそんなに信用できないのかと。私はおばあさまにとっては単なる人形なのかとな」

「それは勇気あるわね。ところでおばあさまの前でも私、と言うの」

「もちろん、わたくし、だ」

虎姫が胸を張った。

「そうよね」

「うかつな言葉遣いをすれば監禁されて一生家の中だからな」

　笑いながら冗談にならないことを言う。

「それでおばあさまは認めてくれたの？」

「一応な」

「一応？」

「八重の料理を食べたいそうだ。作った人間の人格が料理に出るというからな」

「それは嘘《うそ》だと思う」

　八重は正直に言った。家庭料理は知らないが、料理人の世界は技術の世界だ。性格は出るかもしれないが人格は出ない。

　どうしたものか、と思いながら、鯛焼きをかじる。

　浪花家の鯛焼きは薄い皮の中にたっぷりの餡が入っている。こういったものは皮の味が勝ちすぎるか、餡の甘みが強すぎるものだが、どちらでもなく調和していた。

　うまい具合に餡の甘さを皮が支えている。仲のよい夫婦とはこういうものだという味がした。

「美味しいわね、これ」

「そうね。いい味だわ」

雫も言う。

「それよりも、嘘というのはなんだ」

鯛焼きなどどうでもいい、という様子《ようす》で虎姫が言う。

「人格は料理には出ないわ。技術だもの。でも、友達向きに見える料理を作れということなのよね」

「希望のないことを言うな。八重の人格が出た料理を作って欲しい」

「それも駄目。虎姫のおばあさまが望んでいる友達って、自転車で走り回って鯛焼きかじってるような友達なわけ?」

「それは絶望ね」

雫が肩をすくめた。

「おいおい。絶望とか言うなよ」

「うん。なかなか絶望ね」

八重も言った。

「お前が言ってどうする。きちんと考えてくれ」

「そうねえ。おばあさまは洋食でもいいっておっしゃったの?」

「うむ。是非洋食が食べたいとおっしゃっていた」

洋食が食べたい、が軸のような気がする。明治になって文明開化といっても、それは男の話で、女にとってはまだまだ文明はやってこない。

洋食に眉《まゆ》をひそめる人もまだ多い。あえて孫の友達の作る洋食を食べるというからには、案外開放的とも言えた。

ただ、納得がいかない料理を出したら、学校でも口をきくなと言われそうだ。

それをこえて、学校の外でも友達でいたい、というからにはなにかわけがあるのかもしれない。

「虎姫、結婚するの?」

「なんだ突然。全然しない。全然だ」

言いながら顔が赤くなる。

「それなのになんで銀座のカフェで男子を探したりしてるのよ」

「恋多き女でいたいではないか」

言いながら虎姫が横を向く。顔がまだかすかに赤かった。

「ははん。分かった」

雫が手を叩《たた》いた。

「かわいいね。虎姫は」

「言っておくが私はかわいくはないぞ。美人だが、かわいくはない」

虎姫がむくれた顔をする。虎姫は笑っているときも美人だが、少々むくれているときが一番かわいい。

美人とかわいいの真ん中のいいとこ取りをしているような顔になる。もっとも、虎姫のそんな顔を見ることができるのは八重と雫くらいだろう。

「それで、なんで恋多き女がいいの」

「悔しいではないか」

「なにが」

「結婚を申し込まれるのを一途《いちず》に待っている女になどなりたくはない」

「ふうん」

八重はにやりとした。

「つまり、虎姫には昔から想い人がいるんだけど、その人は虎姫が好きかどうか分からない。だから恋多き女なんてやっちゃいたいんだ」

「蓮《はす》っ葉《ぱ》な言い方はよせ。それに私は恋などしておらん」

頬《ほお》が微妙に膨《ふく》れているところを見ると、本当に恋をしているようだ。そしてその恋の成就《じょうじゅ》にはおばあさまの理解が必須なのだろう。

「分かった。まかせて」

八重は胸を叩いた。

「本当か？」

「うん。おばあさまがわたくしを試すというなら希望はあるでしょう」

それに、虎姫をかわいがっているから箱入りにするのだ。八重が安心できる友人だというなら、この先も長く付き合えるだろう。

「洋一郎さんと相談してみる」

八重が言うと、二人の目がいたずらっぽく輝いた。

「例のストロベリーか。見たい」

「見たいですわ」

二人そろって八重の方に身を乗り出してくる。

「洋一郎さんは見世物ではないわ」

「いや、見世物だ」

虎姫が断言する。

「少しだけでいいのよ」

雫がさらに身を乗り出してきた。

「でもさすがに厨房見学はできないわ。洋一郎さんがここに来られるか訊いてみるわね」

階下に降りるとため息をついた。いったいどうしたものだろう。洋一郎に友人を紹介したいというのも唐突《とうとつ》すぎる。

そもそも洋一郎は板前であって、八重とはなんの関係もないのだ。

困っていると、海子がやってきた。

「どうしたんだい」

「それが、洋一郎さんを見たいって言われて」

「いいんじゃないの。部屋になにか運ばせるよ」

「平気なの？」

「隠すようなもんじゃないだろう。八重の友達なんでしょ」

「でも……洋一郎さんはただの板前だし」

「見せても減らないだろう」

「そうだけれども、見せる理由がないでしょう」

海子はあきれた顔をした。

「押し入れにでも隠しておきたいのかい」

「そうではないけど、だって理由が」

八重が言うと、海子は八重に思い切り顔を近づけた。

「つまらないこと言ってないでさっさと部屋に帰りな。洋一郎は行かせるから」

そう言って部屋に追い返される。

まるで八重がみなに洋一郎を見せたいみたいだ、と、八重は少々もやもやする。といっても見せたくないかと言われるとそうでもない。

二人から見て洋一郎がどう見えるのかは気になった。

部屋に戻ると、二人が居住まいを正していた。

「あら、駄目だったの？」

「あとでなにか持ってくるそうよ」

「楽しみね」

雫がくすくすと笑った。

「言っておくけれども、わたくしと洋一郎さんはただの板前と、雇い主の娘というだけですからね。なんの関係もないです」

「では訊くけどさ、なんで洋一郎さん、なんだ？　同じ苗字《みようじ》の人でもいるのか？」

「家族のみんなが洋一郎って呼ぶからよ」

「そのうち家族になるからだろう」

虎姫がからかうように言った。

「だから、洋一郎さんは」

言った瞬間にふすまが開いた。

「俺がどうかしましたか?」

「なんでもありません」

あわてて言う。雫と虎姫が同時に洋一郎に頭を下げた。

「はじめまして。八重様の学友で桃澤雫と申します」

「はじめまして。同じく桜木虎姫と申します」

二人に笑顔を向けられて、洋一郎は顔を赤くした。それはそうだろう、と八重は思う。八重から見ても二人は飛び切りの美人だし、そうそう見かけることはない名家の雰囲気も出てはいる。

「はじめまして。岩本洋一郎と申します」

洋一郎も頭を下げる。

「これ、林檎《りんご》なので召し上がってください」

「ありがとうございます」

二人にふたたび頭を下げられて、洋一郎は八重に皿を渡すと逃げるように去った。足音を聞いてしっかり階下に降りたことを確認する。

「なかなか純朴《じゅんぼく》そうでいいではないか」

虎姫が言った。

「料理も素朴なのか?」

「そうでもないわ。あんなだけど、料理は力強いと思う。食材の旨味《うまみ》をしっかりと受け止めた料理を作るひとよ」

「八重のこともしっかり受け止めるというところか」

「そんなことよりも、虎姫の目的のほうが重要でしょう。結局のところ、想い人はいるの、いないの。作る料理が変わるから正直に話して」

「いる」

虎姫がしぶしぶという様子で言った。

「最初から言いなさいよ。まったく。蓮っ葉なふりして純情なんだから」

言ってから、ふっと思いついたことがあった。

「大丈夫。おばあさまを納得させる洋食、思いついたから」

「なんなのだ?」

虎姫が真剣な表情で八重を見る。

「鯛焼きよ」

八重は自信を持って答えたのであった。


その日の夜。

八重は正直に勇児と海子に相談した。

「だめかしら」

勇児が賛成するかどうかがひとつの鍵《かぎ》である。勇児は考えもせずに首を縦に振った。

「いいだろう」

「いいの？」

「不思議そうな顔をするな。俺は理解のある父親だからな」

「嬉しい。お父様なら絶対反対すると思ってた。頑固だし、物分かり悪いから」

言ってから、あわてて自分の口を手でふさいだ。

が、勇児は意外にも怒らなかった。

「料理人てのは、頑固で物分かりが悪いほうがいいんだよ」

それから、酒を一杯飲むと、洋一郎の方を見た。

「手伝ってやれ」

「はい」

「どうしてそんなに協力的なの？　もちろん嬉しいけど」

「恋路の邪魔は嫌いなんだよ。俺が苦労したからな」

「お父様が？」

「そこはいいだろう。とにかく今回はやっていいさ。ただし、やるからにはうちの名前に傷をつけるなよ」

八重の質問には答えずに、勇児はさっさと席を立ってしまった。

「まあ、詳細は後日教えてあげるけどさ。相手はきちんとした家柄のひとなんだろう。勝算はあるのかい」

「そこは大丈夫です」

「そうかい。勝負はしてもいいけど負けるのはなしだからね」

海子はそれだけ言うと、やはり席を立った。

あとには洋一郎が残った。

「なにを作る気なんですか。お嬢さん」

「鯛焼きよ。ただ、作り方が分からないの」

「説明してください」

「今日、鯛焼きというものを食べたの。あ、これ、洋一郎さんの分。冷えててごめんなさいね」

八重は洋一郎のためにとっておいた鯛焼きを差し出した。いままで出す機会がなかったのである。

洋一郎は鯛焼きをかじると、いや、飲み込むという方が正しいような速度で腹の中におさめてしまった。

どうやったら手品のように鯛焼きが消えるのだろう、と思う。

「美味しいですね」

「それを作りたいの。餡じゃなくて本物の鯛で」

「ああ。分かりました。やりましょう」

洋一郎が二つ返事で引き受ける。

「うまく出来るかしら」

「大丈夫。少々工夫は必要ですが。もちろんお嬢さんも作れます。お手伝いしますよ」

洋一郎が請け合ってくれたのでほっとする。

洋一郎は嘘は言わない。出来ないことは出来ないと言う。だから、洋一郎が出来ると言ったものは出来るのである。

八重は安心して、その夜はぐっすりと眠ることができた。

そして。


「今日はよろしくお願いします」

鈴川に現れた「おばあさま」は、八重の予想とはまったく違う人物であった。しとやかな着物姿を予想していたのだが、ふわっとしたスカートの洋装である。

もう還暦のはずだが、あまり老いを感じさせない。

お供の虎姫も洋装である。

おつきの「ねえや」たちはさすがに着物だが、いかにもハイカラな恰好に八重は驚いてしまった。

「洋装がお好きなんですね」

思わず言うと、おばあさまは、まるで若い娘のような華やいだ笑顔を浮かべた。

「意外でしたか？　まあ、今日はよろしく頼みますよ」

そう言うと、虎姫を連れて店に入る。海子の案内で席に座った。

おつきの人々も、海子が席に案内する。

「わたくしたちは外でお待ちします」

「冷えるから中でどうぞ。簡単なものですがお出しします」

海子はそう言うと、手早くお茶を出した。

これは予想と違う、と八重は思う。洋食に詳しくない相手かと思ったら、八重よりもよほど洋食に詳しそうである。

厨房に戻ると、思わず洋一郎の袖《そで》を摑《つか》んだ。

「どうしよう。なんだか手ごわい人が来たわ」

「違いますよ。お嬢さん。あれは客って言うんです」

洋一郎はこともなげに言った。

「お嬢さんの考えた献立《こんだて》は立派ですよ。保証します」

洋一郎に言われて覚悟を決める。どうあっても通らなければならない道なのである。

今日はお酒はなし。お茶もなし。飲み物は水だけである。

料理に雑味を入れたくないという考えを持った注文だった。料理をする人間にとっては手ごわい相手である。

洋食である以上、まずは野菜である。西洋の人は生野菜を好むらしいが、いまは冬で体が冷えるから、温かいものを選んだ。

蕪《かぶ》と大根の蒸し野菜である。芯《しん》までしっかりと蒸しあげてある。これにマヨネソースを合わせることにした。

マヨネソースは西洋の調味料だ。オリイブオイルと卵黄、酢、塩、西洋がらしを混ぜ合わせて作る。どんな料理にも合う万能調味料といえた。

だが、八重のは違う。胡麻油《ごまあぶら》と卵黄、酢、からし、そして醤油で作る。さらに、刻んだ長葱を混ぜ合わせる。

こちらの方が八重の料理には合うような気がしていた。

たっぷりのマヨネソースをつけて料理を運ぶ。

虎姫はすました顔をして席についていた。おばあさまと二人ということは、もしかしたらお忍びなのかもしれない。

「どのような料理なのかしら」

おばあさまが尋ねてくる。

「大根と蕪を蒸しました。このマヨネソースでどうぞ」

「少し琥珀《こはく》色がかっているのね」

「たっぷりつけてどうぞ」

大根も蕪も、細かく切って蒸してある。たとえ歯が弱っていても食べられるようになっているが、その心配はなさそうだった。

「美味しいわ。普通のものと違うのね。葱もいい風味。いま作ったの？」

「はい。葱を入れるときは作りたての方がいいのです。塩ではなくて醤油で味を調えてあるので大根や蕪との相性もいいですよ」

「日本の味を壊さずに西洋のものを取り入れたのね。面白いわ」

一品目は満足してもらえたようだった。

二品目はスープである。

こちらは、茹でたトウモロコシと蕪をすり鉢でよくすって、鶏の出汁で煮たものだ。味つけは塩。そして少量の砂糖である。

「美味しいわね。コーンスープというものね。どうして蕪を合わせたの？」

「トウモロコシだけでも美味しいのですけれども、蕪を入れた方が味が少し落ち着くような気がするのです。一人よりも二人のほうが味が出ます」

「そう」

おばあさまはそれ以上はなにも言わなかった。

いよいよ今日の主菜である。

「うまくいった？」

「ええ。お嬢さんの予想通りにうまくいっていると思います。あとは仕上げですね」

八重が洋一郎に作ってもらったのは、鯛をパイ皮で包んで焼き上げたものだった。

箱根の富士屋ホテルに伝わっているアップルパイの皮の作り方を教えてもらったのである。

秘伝なのかもしれないが、富士屋は快く教えてくれた。

おかげで完成させることができたのである。

鯛の身に少しあっさり目に塩胡椒《こしょう》してからフライパンで焼く。そうして、パイ皮で包んで焙烙《ほうろく》で焼き上げた。

アップルパイはオーブンという西洋の道具で焼くが、鈴川にはない。かわりに焙烙を使用したのだが、なんとかなったようだ。

同時に、付け合わせを作る。鯛の骨と頭からとった出汁で蕪を煮込んだものである。そしてもうひとつ、夏みかんを搾《しぼ》った汁に醤油をくわえたものも添える。

夏みかんは、そのまま食べると酸っぱい。なので、一年間木で寝かせておいたほうが甘くなる。

そのかわり、冬の時期には調味料として使えるのである。たっぷりの夏みかんの果汁に醤油で少し味をつけると、魚になんともいえない風味を与えることができた。

おばあさまのところに運ぶと、パイ皮に包丁を入れて開く。同時に夏みかんの果汁を鯛の身にさっと振りかけた。

料理の熱で温められ、夏みかんの香りがぱっと広がった。

「付け合わせはこれをどうぞ」

蕪を別皿で出す。

「いい香りね」

おばあさまはそう言うと、鯛に箸をつけた。

「そして美味しいわ。この皮が鯛の旨味を閉じ込めているのね。そして、皮の方も鯛の旨味を吸って美味しくなっている」

それから、おばあさまは蕪の方にも手をつけた。

「蕪は鯛の出汁で煮たのね。それにしてもどの料理にも蕪がついているということは、謎かけかしら」

おばあさまが八重の方を見る。

「そんなたいそうなものではありません。ただ、料理は付け合わせの良し悪《あ》しで大分印象が変わるし、野暮《やぼ》ったい蕪でも、料理によっては華やかにもなるのです」

「いい付け合わせは料理を華やかにするということね」

「はい」

八重が答えると、おばあさまは虎姫の方を見た。

「この方を誕生会に招くようなことはできません。あれはしきたりがあって、家の者にもどうにもできませんからね。でも、自分を成長させるお友達を作るのは大切なことです。さいわいここは料理屋ですから、たまにお食事に来るのはいいでしょう。それはわたくしのほうでみなを説得しておきます」

この答えは上出来である。ある程度の自由が虎姫に与えられたということだ。

「ありがとうございます。おばあさま」

虎姫は頭を下げた。

「それともうひとつお願いがあるのですけれど」

「なにかしら」

「夏彦《なつひこ》さんとここで食事をしたいのですけれど。その、二人で」

「二人」

おばあさまが驚いたように繰り返した。

「ええ。二人で」

虎姫がかすかに震えているのが分かる。これはなかなかに勇気がいる。虎姫のような家柄になると、七歳を越えると男性と二人で話してはいけない。

父親だけが例外で、兄であったとしても二人で町を歩くようなことは許されないことが多いのだ。

見合いのあとのランデヴーにしても、おつきの女中の同伴なしで男性と会うということはないから、ランデヴーは三人以上で会うものと相場が決まっていた。

なるほど、と八重は思う。

つまり、八重を立ち会いにして、「二人きりではないですよ」という演出をしたいということに違いない。

「二人、ね」

おばあさまが静かに言った。

「あなたが子を産む頃には、新しい時代が来るのでしょうね」

それから、おばあさまは八重を見た。

「お名前は？」

「鈴川八重です」

「そう。わたくしは桜木棗《なつめ》というの。うちの孫をよろしくね」

「こちらこそ」

よろしく、は予想外だった。よろしくされるのはこちらの方になるからだ。

「今日の料理は美味しかった。孫もまた食べたいと思うでしょう」

そう言うと、おばあさまはおつきの女性たちを呼んだ。

「虎姫を残して帰りますよ」

「一人で残っていいのですか？」

「ここに限っては許します」

そうして、おばあさまは帰っていった。

虎姫は、あきらかにほっとした顔で大きく息をついた。

「助かったぞ。八重」

「どういたしまして。役に立ててよかったわ」

「これで、堂々とこの店に来られる」

「そうね。ところで訊きたいことがあるの」

「なんだ？」

「夏彦さんて誰？」

「ただの幼《おさな》馴染《なじみ》だ」

「ふうん」

八重は思わず笑ってしまった。純情にもほどがあるというものだ。

「今度雫と一緒に詳しく訊きますね」

虎姫は、一瞬反論しかけたが、あきらめたように頷いた。

「なんでも訊いてくれ」

そして。

鈴川に、はじめての「八重の客」が生まれることになったのだった。

カレーと苺野郎

「お前、洋一郎のために洋食を作ってみろ」

　不意に父親の勇児が言った。

「なぜですか？」

　鈴川八重は、思わず訊き返した。

　登校前のひとときである。

　父親の勇児は、朝は厨房《ちゆうぼう》から出てこない。だから娘の八重と顔を合わせることは珍しい。

　それが突然出てきて、料理を作れというのはなにかのたくらみとしか思えなかった。

「理由が必要か？」

「いえ。作ります」

八重は即座に答えた。どういう理由かは知らないが、洋食を家で作る機会がもらえるなら文句はない。

「洋一郎さんの分だけですか」

「三人分だ。洋一郎と、俺と、海子の分」

「かしこまりました。いつですか」

「日曜だな」

今日は木曜日だから、献立《こんだて》を考える時間はある。父親との勝負、ということになるだろう。

「では、確かにうけたまわりました」

元気に挨拶《あいさつ》をすると、八重は学校に向かったのだった。


それはそれとして。

寮に行くと、桃澤雫が先についていて、やや不機嫌そうに眉《まゆ》をひそめている。といっても慣れないとまったく不機嫌そうには見えない。外面《そとづら》は鉄板でいいのである。

「どうしたの。機嫌悪そうね」

「そんなことなくてよ」

言った言葉にも微妙に棘《とげ》がある。

「いやな縁談でも来たの？」

八重が訊くと、雫が首を横に振った。

「その逆よ。なにも来ない。幼なじみもいない。ストロベリーもいない。ロマンスのない人生に絶望しているの」

縁談が来ない、は嘘《うそ》だろう。雫の父はかなりやり手の実業家だ。縁談はひきもきらないだろう。ただ、有名な親バカだから、全部握り潰《つぶ》しているに違いない。

「幼なじみくらい雫にもいるだろう」

寮の部屋に入ってきた桜木虎姫が、挨拶もせずに割り込んできた。

「おはようございます」

八重は丁寧に頭を下げた。

「殿方の幼なじみはいないの。うちの父は厳しくて。弟とだってもう何年も口をきいたことはないのよ」

「溺愛《できあい》っぷりがすごいな」

「しかたないじゃない。娘は一人だけなんだから」

「それではロマンスなど望めないだろう。出家して尼寺《あまでら》にでも行ったらどうだ」

虎姫がくすくすと笑う。

「ロマンスがある人はいいわよね」

雫が言うと、虎姫は虎姫で眉をひそめた。

「ロマンスとやらは、なかなかつまらないぞ」

「どうしたの？」

「どうしたもなにもない。ロマンスだぞ。二人きりで、甘い時間というものを過ごしたいではないか」

虎姫は憤懣《ふんまん》やるかたないという様子を見せた。

「それがどうだ。最初こそこちらはねえや一人。あちらも一人だったのが、家の面子《メンツ》がどうとか言い出して、お互いに四人もついてくる。八人も引き連れてカフェなど入れるわけもないからな。結局両家の応接室しか使えないのだ」

ねえやたちに囲まれて目を白黒させている虎姫を思うと、思わず笑ってしまう。

「笑うのはわかるが、深刻なんだぞ」

「またうちに来なさいよ。うちなら平気だから」

「そうする」

虎姫がため息をついた。

「あ。それそれ。それもずるい。わたくしも『鈴川』で食事をしたいのです」

「予約を入れてくだされぱいつでも平気ですよ。お客様」

「洋食がいいのよ。八重とストロベリーの洋食」

「洋一郎さんはストロベリーじゃないわ。もちろん真面目《まじめ》だけど、真面目だけじゃないの」

「ふうん」

虎姫がにやりとした。

「案外悪い男なんだな」

「そうじゃないわ。いいから。食事を作ります」

八重はそう言うと手早く準備を始めた。

今日の料理ははんぺんとキャベツの蒸しものである。はんぺんは店で作ったものを持ってきたから、料理としては簡単だ。

キャベツを使うのと、バタソースを使うところがハイカラな料理である。

キャベツとはんぺんが蒸しあがるところで、バタソースを作る。鍋《なべ》に水と片栗粉を入れて、沸騰《ふっとう》したらバタを入れる。

そして最後にレモンの皮とレモンの果汁を入れてできあがりである。火を止めてからレモンを入れるのがコツだ。

ただ、それだと少々塩気が足りないので、八重としては醤油《しょうゆ》を少しだけ足す。昔は塩を足していたらしいが、いまの塩は駄目だ。旨味《うまみ》がまるでない。

塩が政府の専売になってから、昔ながらの塩は禁止になった。鈴川では少しだけ手に入れ、さらに醤油をまぜて自家製の塩を作ってはいるが、気軽に使えるものではない。

なので醤油である。バタと醤油の相性はすごくいいから、バタには醤油、というのが体にしみていた。

味噌汁《みそしる》の具は大根にした。冬の大根は甘くて美味《おい》しい。そしてできあがった味噌汁に少しだけバタを落として洋風にする。

「これはなかなかハイカラなはんぺんだな」

「ポピエットって言うのよ」

「なんだそれは。何語だ?」

「フランス語」

「フランスはんぺんでいいと思うがな」

言いながら、虎姫は勢いよく食べる。

「でも、これではきっとお父様は納得してくれないわね」

八重がため息をついた。

「なにか父親を納得させる必要があるのか」

「洋一郎さんのために洋食を作れって言うのよ」

「ほほう」

「ふうん」

虎姫と雫が同時に声を出した。

「なかなかやるではないか。八重の父君も」

「なにがよ」

「これはあれでしょう。そろそろ準備でしょう」

雫も、うきうきとした表情で言う。

「絶対違うから。なにか理由があるのよ」

といっても、理由はまったくわからない。そもそも、なぜ突然そんなことを言い出したのだろう。もしかして、洋一郎が八重の料理を食べたいと言ったのだろうか。

「最近、トマトケチャップで皿にハートを描くのが流行《はや》ってるそうだぞ」

虎姫がしたり顔で言う。

「絶対嘘だから。あんな知られてない調味料が流行っているわけないでしょう。そもそもほとんど売ってないじゃない」

トマトケチャップは、舶来の調味料だが少々癖《くせ》が強い。煮物にかけるにしても焼き物にかけるにしても丁度いい使い道がなかった。

去年一応市販品として愛知の会社が出したらしいが、八重も見たことはなかった。

鈴川には一応おいてあるが、輸入品である。

しかし、ケチャップというのは悪い選択ではない。誰も使い方がわからないということはうまく使えば個性になるからだ。

「どんなものを作るの」

雫が身を乗り出してくる。

「まだ考えてない」

「では作戦会議ね」

雫が嬉《うれ》しそうに言った。

「ロマンスはないわよ」

そう言うと、ぷっと右の頬《ほお》をふくらませた。

「そんなことはわからないじゃない。相手がストロベリーなんだから」

その顔が可愛《かわい》くて、八重は思わず吹き出してしまった。

「なによ。その顔。すねてるの」

「ません」

雫が横を向く。

「それよりも銀ブラだろう」

虎姫が身を乗り出した。

確かに、一人で考えこむよりは、三人の方がよさそうだった。

「では、今日は銀ブラといきましょう」

八重が言うと、二人が頷《うなず》いた。

そして放課後。

銀ブラ、つまり、「銀座のパウリスタで本格ブラジル珈琲《コーヒー》を飲む」ついでに会議をすることにしたのであった。

「洋一郎さんはなにが好きなのかしらねえ」

「八重」

「そこではないから」

言っていると、珈琲が運ばれてきた。

八重は、砂糖をどっさり入れる。そうでないと苦くて駄目だ。雫もそうだ。虎姫だけがなにも入れずに飲むようになっていた。

「なにも入れなくて平気なの？」

「大人だからな。私は」

虎姫がすまして言う。

「ロマンスのお相手がなにも入れずに珈琲を飲むのでしょう。どうせ」

「たまたま好みが同じなだけだ」

虎姫が胸を張る。しかし、この間まで大量に砂糖を入れていたのだ。いくらなんでも無理があるというものだ。

「別に同じ色に染まらなくてもいいでしょう」

八重が言うと、虎姫はふふん、と笑った。

「同じ方向を見るのもいいものだぞ」

どうやら幸せいっぱいらしい。

「ところで、わたくしも鈴川に予約します。どうすればいいのかしら」

「それはいいけど、ご家族で？」

「父と二人です」

「二人とも、うちを隠《かく》れ蓑《みの》にするために食事するのでしょう」

八重が言うと、二人はそろって首を横に振った。

「うちは虎姫の家ほどではないけれども、とにかくうるさいからね。八重の家にくらいは自由に行きたいの」

言ってから、視線を床に落とした。

「まずお父様のおゆるしをもらわないと」

「勇ましいこと言ってるけど、そこは全然駄目なのね」

「では訊くけど、お父様に本気で口答えできる人はいるの？」

雫がぷくぷくと頬をふくらませるのを見ながら、まあ、それはそうか、と思う。

「もうすぐわたくしの誕生日だから、そのあたりで行きたいのよ」

「二月二十日ですね。確か」

虎姫が言った。

「ええ。もうすぐよ。だから今日お父様に話してみることにする」

「そしてまたわたくしが試されるのね」

「がんばって」

雫が拳《こぶし》を握りしめた。

「お嬢様の学友っていうのも試練が多いわね」

といっても、気に入られれば友達として認められるのは悪くない。虎姫の家には認められたことだし、三人で八重の家に集まれるようになるのは楽しいことだった。

「いいわ。雫との友情の料理を作りましょう」

「ありがとう」

雫が頭を下げる。

「学校を卒業したらあとはずっと家の敷地から出ないで一生を終える、なんていうのもいやな話だものね」

「明治が終わって百年くらいすると、女が自由に外を歩けるようになるのかもしれないけどね。いまは学校が終わって嫁いだら青春は終了だからね」

「夫と二人ならでかけられるだろう」

「甘いわね。虎姫。自分の家を見てごらんなさいよ」

言われて、虎姫が言葉に詰まる。

「そうだな。母様は家から出ないな」

「上流階級って大変よねえ」

「まったくだ。庶民が羨《うらや》ましい」

虎姫がため息をついた。庶民に羨ましがられる上流階級だが、生活する方としては庶民より気苦労が多い。

親の決めた許嫁《いいなずけ》がいやな人ということもよく聞く話だった。

「ストロベリーと暮らしてる八重は楽でいいわね」

雫が言った。

「楽ではないです。そもそも洋一郎さんがわたくしをどう思っているのか、まったくわからないのですからね」

「洋一郎さん、が」

雫がふしゅるるる、というような妙な音を出した。

「わたくしだってどうとも思っていません」

八重が言い返す。

「まあ、それはあとでもいいだろう。それよりもなにを作るのだ」

「そうね。塩味は強い方がいいかしら。あ。でもそれも困るのか」

料理人は肉体労働だから、塩味が強い方が多分美味しい。しかし、強い塩味に舌が慣れてしまうと料理が塩辛くなってしまう。

だから料理人はなるべく薄味の食事をとることが多かった。よく考えたら、料理人のための洋食というのは案外難しい。

「案外難しいわね。洋一郎さんのための料理は」

「ということは、なにかの布石と見るべきだろうな」

虎姫が真面目に言う。

確かにそうだ。単純に洋一郎のための料理ではないだろう。八重がどのような料理を作るのかの試験に違いない。

普段からある程度は知っているから、なにか目的のある試験なのだろう。教えてもらえることはないから、とにかく課題を頑張るしかなかった。

「なにかいい料理を考えないと」

八重が言うと、虎姫が首を横に振った。

「いや、いい料理を考えるな」

「どういうこと?」

「いい料理を考えるというのは、どこかで見たような料理を出すということにも繋《つな》がるからな。ストロベリーのための料理だというなら、あまり洋食に縛られないほうがいい。そもそも何が洋食かなどまだ決まってもいないだろ」

「でも、明らかに洋食ではないものというわけにもいかないでしょ」

雫が言う。

「わたくしはライスカレーがいいと思うわ。男の人が相手だし」

確かに男の人はライスカレーが好きだ。子供から老人までライスカレーを嫌いな男はいないように見える。

日本橋で三越がデパートメントストア宣言をしてからまだ数年だが、三越の食堂のビーフカレーといえば日本で最も格式のあるカレーの一つだろう。

「でも有名すぎてどんなカレーを作ればいいのかまったくわからないわ」

「鈴川ならどんなカレーを作るのかしらね。洋一郎さんに、というからには、鈴川の伝統を無視したカレーというわけにはいかないのではないの?」

「いっそ苺《いちご》のカレーでも作ったらどうだ」

「からかわないで」

「いいえ。案外いいかもしれないわ。果物は」

確かに辛いものに合わせるのに苺は悪くない。

「それはそれとして、ちゃんとした洋食を食べに行くのはどうなの。敵情視察は大事だって言うじゃない」

雫が言った。

「どこに行くの」

「快楽亭はどうかしら」

「それはいいな。私も行ってみたい」

虎姫が賛成する。

快楽亭というのは一般にはあまり有名ではないが、文人の間では有名な洋食屋である。学習院の男子生徒も度々使っているらしい。

八重の家からは歩いて行ける距離ではあるが、まだ行ったことはなかった。

しかし、女学生だけで押しかけるという話は聞いたことがない。

「女学生だけで入れるのかしら」

「そこは大丈夫だろう。うちのねえやに約束を入れさせる」

名うての洋食屋に行くというのは勉強になりそうだった。

「それはわかったわ。それで、今日のところはどうするの」

「お汁粉でも食べに行こう。寒いから」

「あら。お汁粉は飲むものでしょう」

雫がたしなめるように言った。

「いや、食べるだろ。そう言うなら中の餅《もち》はどうなのだ。餅も飲むのか。なんでも飲み物にしていいわけではないだろう。雫の理屈だとそのうちライスカレーも飲むと言い出すのではないか」

二人が同時に八重を見る。

「考えたことない。はい。お汁粉、って出されるだけだから。お汁粉は飲む感じがするわね」

「よし、勝負だ」

虎姫が言う。

「勝負といっても、誰が決めるのよ」

「議論だからな。説得した方が勝ちだ」

それは決着がつかないのではないかと思う。とはいっても乙女にとってはなかなか重要な議論だと言えた。

「どこで食べるの」

「上野の常盤《ときわ》ではないかしら」

雫が言う。

「なかなかいいな。ついでに松坂屋を覗《のぞ》いて行こう」

「賛成だ」

虎姫も言う。

どうやら銀ブラはどこかに飛んで行ったらしい。だが八重としても上野の方に興味があった。

上野松坂屋は、去年新しい建物になった。三階建ての洋館で、上野ではたぶん一番ハイカラな建物である。

その上、女性の店員が接客してくれるということで女性には大人気だ。

もちろん一人で服を買うのは許されるわけではないから、あくまで冷やかしである。といっても気に入ればねえやと一緒に買い物に来ることもできるだろう。

「途中で牛乳も飲もうじゃないか」

虎姫がうきうきと言う。

「小石川の辺りにあったはずだ」

「まったくはしたないわね」

雫が笑いながら言った。といっても反対するわけではないから、当然飲むのに違いない。

珈琲を飲みほすと、三人は自転車に乗って颯爽《さっそう》と出かけたのだった。

小石川の辺りに来ると、牛が五頭、のんびりと寝そべっている場所があった。牛乳屋の目印である。

牛がいないと牛乳は搾《しぼ》れないから、牛乳屋の場所は遠くからでもわかる。

牛乳屋につくと、雫と虎姫はすぐに八重の後ろに隠れた。

「どうしたの？」

「牛乳が飲みたいと言ったが、牛乳が買えるといったわけではない」

それはそうだ。カフェで珈琲を頼むことはできても、牛乳屋で牛乳を買うのはなかなか難しいだろう。

八重が代表して買う。

「いま飲むのかい」

「はい」

「最近の女学生は元気だね」

そう言いながら、牛から乳を搾ってくれる。大きなブリキの入れ物に牛乳が溜《た》まっていく。

それをコップに移すと、三人分出してくれた。

「十二銭《せん》だよ」

まとめて払ってから、コップに口をつける。牛乳屋の牛乳は、カフェのものとは違ってむせ返るほど乳臭い。

そして少々高い。一合で四銭だ。木村屋のあんぱんが一個一銭だし、かけ蕎麦《そば》なら二銭で食べられる。

そうは言ってもこの独特の甘味と香りは牛乳屋でないと味わえない。

行儀悪く一気に飲んでしまうと、八重たちは上野を目指した。

できたばかりの洒落《しゃれ》た洋館の並びに、太い竹で囲まれた店がある。汁粉の名店常盤で、男女問わず人気がある。

と言っても、店に入るのが躊躇《ためら》われるようなぶっきらぼうな店構えである。日に焼けた竹垣のところに普通の家としか思えない門がついている。とても上手とは言えない字で「しるこ　ときわ」と書いた看板が出ていた。

店に入ると、すぐに席に案内される。幸い混んではいないようだった。

「御膳ですか。小倉ですか」

店員が聞いてきた。

雫と八重は御膳。虎姫は小倉である。

頼むと、しばらくして運ばれてきた。常盤の汁粉は湯気がたっていない。ちょうど人肌くらいの温かさである。

甘味もけしてきつくなくて、ほんのり甘いという感じだ。砂糖水を飲んでいるようなものと違って、小豆《あずき》を味わうためのものだった。

「相変わらずここのはいいな」

虎姫が嬉しそうに小倉汁粉に口をつける。小倉汁粉は、御膳と違ってあんこを煮詰めたようなものだ。量も御膳の倍はあって、正直八重では食べきれない。

「議論もなにも、こちらの御膳なら飲むだし、小倉なら食べるじゃない」

雫があきれたように言った。

「どちらでも食べるだろう」

言いながら、虎姫が小倉汁粉を差し出してくる。

食べると、同じ汁粉とは思えない濃厚な甘さだった。

「どちらもまったく別の美味しさだから、どちらがよいとは言えないわね」

雫が感心したように言う。

「こちらの小倉は上方《かみがた》の味かもしれないな。あちらは小豆の粒が残っていて、ぜんざいと言うそうじゃないか」

「同じものでもだいぶ違うのね」

だとすると、洋一郎のために作った洋食は父親には気にいられないかもしれない。そうは言っても食べないわけでもないだろう。これは思ったよりも難題かもしれない。八重としては父親を無視したくもないのである。

頭は固いが尊敬できる料理人だからだ。

そして、この、汁粉の中に鍵《かぎ》が隠れているような気がした。まったく違う味だがどちらを食べても美味しい。

和食を好む父親に食べてもらっても美味しい洋食でなければ、人々に広まる味にはならないのだろう。

もしそうだとすると、父は何かの謎《なぞ》かけをしているに違いない。

「父親のためではないと言われても意識してしまうのだな」

「そりゃそうよ。娘なんだから、父親の目を意識しないわけないでしょう」

「まあそうだな。私にしても、両親に言われるままに結婚するという人生には違いないからな」

虎姫がすまして言う。

「両親の言う通り初恋の君と結ばれるなんて大した苦労だわね」

雫がからかうように笑った。

「これでも苦労しているのだ」

「はいはい」

その言い方がおかしくて、八重はつい笑ってしまった。

「いずれにしても、また家にいらっしゃいよ。虎姫」

「もちろんだ」

「虎姫だけずるいわ。わたくしも行きます」

八重も雫にはぜひ来て欲しかった。

汁粉を食べて家に帰ると、店の中は忙しそうだった。

慌てて着替えて、女中として働く。店で働くのは嫌いではない。仕事が全部終わると、洋一郎がまかないを作ってくれた。

「今日はご馳走《ちそう》のまかないなのね」

「はい」

まかないには二種類ある。残り物を使って安くまとめあげるまかないと、次に客に出す料理を研究するためのご馳走まかないである。

ご馳走の日は文字通りご馳走なのですごく美味しい。

この日のまかないは、イカであった。丸ごとの大きなイカが蒸してあって、タレが塗ってある。

輪切りにして食べやすくしてあった。

イカの中になにかつめてある。どうやらイカの中にイカのすり身をつめてあるらしい。

イカの旨味が倍になっているようですばらしく美味しい。

イカの上に塗ってあるのは醤油と砂糖をまぜたタレである。そこにからしが添えてある。

「甘いタレにからしを添えると、ぴりりとして味が引き立つんですよ。同じ傾向の味ではなくて。まったく違う味を組み合わせるのがいいんです」

「そうね。確かにこれはいい味している」

「女学生と板前って感じですかね」

言ってから、洋一郎がしまったという顔になる。

「いまのはなに?」

「ただのたとえです。意味はありません」

洋一郎がぶっきらぼうに言った。いつもの洋一郎で、変わったところは何もない。

この人は自分のことを意識しているのだろうか。八重はそこが少し気になる。

「いまの失言なの？」

「失言です。たとえが悪かったです」

洋一郎が頭を下げた。

どう悪かったのだろう。この場合は、なんとなく八重を意識していて、そのせいで失言してしまったのだろうか。

もう一つは、まったく意識していないが、目の前にいたからたとえに使ってしまった。どちらもありそうだが、意味はまったく違う。かと言って八重のほうに確かめる手段はない。

一方的にもやもやさせられるだけである。

かといって洋一郎にもやもやをぶつけるのは明らかに八重の負けである。

「気分を悪くされたらすみません」

すごく悪くしました。と心の中で言ってから、優しい笑顔を作る。

「そんなことないですわ。それよりもこのイカのタレ、美味しいですね」

そう言うと、洋一郎は嬉しそうに笑った。

「そうなんです。醤油味といっても、買ってきた醤油をただかけるだけなのは素人《しろうと》で、料理人だから醤油にも工夫しています。もちろんいい醤油なのは当然ですよ」

嬉しそうに醤油を語るこのストロベリーは、醤油の一割くらいは八重のことを気にかけているのだろうか。

そこまで考えて我に返る。

別に八重のほうも意識しているわけではない。もしかしたら将来結婚するかもしれない候補であって、恋仲でもなんでもないのだ。

妙なことを考えた自分が恥ずかしい。

料理の方に集中しようと思う。

ライスカレーを作るのに、醤油で味をつけるのは悪くない。家庭のライスカレーはとん汁の変形である。

味噌を溶《と》くか、カレー粉を入れるかの違いだ。

だから小料理屋のカレーというのが一番いいだろう。辛さを引き立てる隠し味は砂糖だから、タレのようなものを使うのがいいと思われた。

イカをすっかり食べてしまう。

「どうですか?」

「美味しかったですよ。店で出したらお客さんが喜ぶでしょう」

「よかった。俺も自信があるんですよ」

屈託なく笑う洋一郎がなんだか腹立たしい。ライスカレーは泣くほど辛くしようと心に決めた。

「そういえば、若い男性のお客さんに洋食を出すらしいですね」

「そうなの？」

「ええ。八重お嬢さんにもなにか考えさせるとおっしゃってました」

なるほど。若い男というだけでは的が絞りにくいから、洋一郎のための料理ということにしたかったらしい。

それなら勉強のために快楽亭に行くのは何の問題もなさそうだった。

それから二日して、八重は快楽亭にいたのであった。

「いらっしゃいませ」

とにかく美人としか言いようのない女の子が迎えてくれる。雫や虎姫も美人だが、相手も負けず劣らずというところだ。

「美人ですね」

思わず声をかけると、その女の子はやや高い声でころころと笑った。

「お嬢様たちには負けますよ。富《とみ》と言います。ご贔屓《ひいき》に」

「こちらこそ」

　お辞儀をして席についた。

　献立を持ってきてもらう。

　ロオルキャベツや、平目のムニエルなどと一緒に「紅葉人白骨」という献立があった。

「これはなんですか」

　富に訊くと、富が笑顔で答えた。

「尾崎紅葉《おざきこうよう》先生を偲《しの》んだ献立です。骨つきの鹿のステーキです」

「すごいな。それは人気なのか」

　虎姫が尋ねる。

「永井荷風《ながいかふう》先生や国木田独歩《くにきだどっぽ》先生はよく頼まれますよ」

「では私はそれで。文豪気分でいこう」

「わたくしはロオルキャベツにするわ」

　雫が言う。

「わたくしはこのムニエルにします」

　料理店の娘としては、平目をどう扱うかが気になった。

小さな店なので、注文をしたあとで店主の顔が見える。八文字髭《ひげ》の品のいい店主だった。わきに奥さんがいて、丸髷《まるまげ》がぴしっと決まっていた。いかにも女将《おかみ》という感じである。

店は大きくはないが、それだけに目が行き届いている感じがする。自分が洋食屋をやるならこういう店がいい。

夫婦で寄り添って店の中にいるのもなんだか素敵である。

「ストロベリーと営むならこういう店がいいと思っただろう」

不意に虎姫に言われた。

心の中を見透かされたみたいで、思わず赤くなる。

「そんなことはないわ」

「いま赤くなったじゃないか」

「気のせいよ」

文句を言ったところで、料理が運ばれてきた。紅葉人白骨は、肉に小さな卒塔婆《そとば》が刺さっているという凝りようだ。

「これはすごいな。臭くもないし硬くもない」

「わけあいましょう」

雫が言う。店の側もそれは承知しているらしくて、ちゃんと人数分の取り皿を用意してくれていた。

鹿の肉は、牛や豚とは脂《あぶら》が違う。余計な脂身がなくて、かといって脂がないわけでもない。筋肉の中に脂がするりと混ざりこんで一体になっている。

脂のある赤身という感じだった。

これは確かに美味しい。どうやって作っているのかわからないが。

ロオルキャベツも秀逸だ。キャベツといえば西洋料理の代表的な食材だが、うまい使い方は難しい。

味噌や酢醤油《すじょうゆ》が一般的で、クリームで煮るということはまずない。キャベツの中に入っているひき肉も上品な味がした。

平目もうまく処理してあって臭みがまるでない。和食とはまた違う優しい味つけをしていて。食べていて飽きない。

そしてどの料理も人肌であった。

熱すぎず冷たすぎない。それだけに、美味しい時間が限られるから、しゃべるよりも食べる方に集中してしまう。

全部食べてしまうと、虎姫がにやりと笑った。

「美味しいが、乙女としては少々はしたないな」

「確かにそうね。ものも言わずに全部食べてしまったわ」

「食後は珈琲と紅茶のどちらにされますか」

富が訊きにくる。

「紅茶」

全員が言った。

「珈琲でなくていいの」

「あれは苦いから今日はいい」

虎姫がすまして言った。

「普段から無理しなければいいのに」

雫がからかうように言った。

「無理などしたことはない」

虎姫がふふんという顔になった。

「今日は紅茶の気分というだけだ」

それにしても、常盤にしてもこの店にしても人肌でやってくるところは勉強になる。

料亭の料理というのは、案外こういった舌に優しい温度ではない。

もともと料理屋の料理は仕出しが多かったから、冷えているのが前提だ。それに対して逆に温かいものを食べさせようという心遣いから、熱々の料理ができた。

なのでどうしても熱々や冷え冷えを重視する傾向がある。

人肌料理というのはいいかもしれない。もちろんライスカレーの場合は熱々の方がいいのかもしれないが、優しい味わいにするなら人肌もよさそうだ。

「今日はとても勉強になったわ。ありがとう」

八重は二人に頭を下げた。

「とても楽しかったわ」

雫が嬉しそうに言う。

「私もだ」

虎姫も言う。

「なんと言っても、お友達と食べるお食事はとても楽しいわ」

「そうね」

八重も頷いた。

食事は楽しいのが一番だ。八重の作る洋食で誰かが楽しい気持ちになってくれるように作る方がいいに決まっている。

そしてやはりライスカレーにしようと思ったのだった。

「では作ります」

八重は全員を見渡した。洋一郎と勇児、海子である。

「そんなに気合入れなくていいから、ちゃちゃっと作って。客に出すかどうかなんかわからないからさ」

海子がにこにこと笑いながら言う。

確かにそうだ。今日作るのはあくまで家族用。気負う必要はない。

準備はしてある。葱《ねぎ》と生姜《しょうが》、唐辛子をくたくたになるまでたっぷりのお湯で煮込んである。そこにどっさりと鰹節《かつおぶし》を入れて出汁《だし》をとった。

ライスカレーといっても要するに煮込みだから、出汁が命である。

フライパンにバタをひいて、イカを炒《いた》め、鶏肉も炒める。あらかじめ火を通してあるキャベツと玉ねぎ、トマトも入れる。

よく炒《い》ってあるカレー粉と小麦粉をまぜると、出汁を入れた。

しゅわっ、と音がしてから、ぐつぐつと煮えはじめる。本当は三日くらい煮たいのだが、まかないなので三十分である。早く火が通るように具材は細かく切ってある。

そして、全部煮えたところで「かえし」を入れた。醤油の香りがあたりに広がる。火を止めてよくまぜると完成である。少しさめて人肌になるまで待った。熱々だと醤油の味がちゃんとしみないからだ。

「どうぞ」

三人ともそろって口をつけた。

「全然駄目だ。こんなものは話にもならない」

勇児が手厳しく言う。

「醤油の扱いが雑だ」

そう言われると言葉を返しにくい。ライスカレーを作りたくて作ったのだが、醤油を使うなら前の日から準備するべきだったろう。

「確かに煮込みは足りないですが、これは一日寝かせるととても美味しいものになるのではないでしょうか」

洋一郎が助け船を出す。

「そうだね。醤油が馴染《なじ》むまで時間をかけてやれば、こいつはなかなか美味しいと思うよ」

海子も言う。

それから八重の方をまっすぐに見た。

「ところでなんでライスカレーにしたんだい。そしてこいつにはかえしを使ったね。なんでカレーに使おうと思ったんだい」

「鈴川の味と洋食を組み合わせたかったから」

「なんで」

「わたくしは将来洋食屋をやりたいのです。でも鈴川の味を継ぎたくないわけではない。だから鈴川風のライスカレーを作りたかったんです」

正直に言うと、海子が頷いた。

「これ、一晩寝かしたやつを食べてから判断するよ。二人ともそれでいいね」

二人が頷く。

「それでまずかったらこの料理は失格だ」

そう言われて、その晩は終わったのだった。

そして次の朝。

だいぶ暖かくなってきた部屋の中で、八重は着替えたあと緊張していた。一晩寝かせたカレーは無事に美味しくなっているだろうか。

八重の予想としては大丈夫である。醤油という調味料は一晩寝かせた時に真価を発揮するところがある。

丸みが出て、旨味が前に出てくるのである。

階下に降りると、もう三人とも厨房にいた。

「じゃあ食べようじゃないか」

海子に言われて出す。量はたっぷり作っておいたから問題はない。

三人とも昨日のように口をつける。

「優しい味わいのライスカレーですね。でも辛い」

「唐辛子というより生姜と葱の風味が強いな。確かにライスカレーだが、あまり洋食っていう感じがしないな。前の夜の鍋の残りみたいだ」

勇児は辛口である。

「これは面白いけど、店で出すにはもう少し勉強しないといけないね。洋一郎と二人でやってみるといい。来週使うから」

「一体どなたにお出しするのですか」

「前に家に来たお前の学友がいるだろう。桜木さんて。あそこの昼食会で出すんだよ。久しぶりに兄と妹で食事をしたいらしいよ」

虎姫の兄なら、確かに若い男だ。若い女性が男と口をきくのは厳禁だから、兄と話すのはなかなか難しい。

どうやらなにかお祝い事でもあって久々に兄妹で会えるらしい。

その祝いの料理なら光栄なことだった。

それにしても虎姫は何も言っていなかった。もしかしたら彼女には内緒なのだろうか。あるいはまだ伝えていないだけなのかもしれない。

特に口どめもされていないから、学校に行ったら訊いてみようと思う。

「八重もさ。ちゃんと寝かせた醬油みたいにきちんと自分と溶け合う男が見つかるといいね。手近でもいいけどさ」

そう言うと海子がくすくすと笑った。

「いつか見つけます」

飛び出すように家を出て自転車にまたがった。

なんだか世界中から、からかわれているような気がする。

学校の前で、雫と虎姫が待っていた。

「ごきげんよう」

挨拶をすると、早速虎姫に声をかける。

「お兄様とお昼を食べるって聞いてる？」

「ああ。今朝聞いた。鈴川でやるとは知らなかった」

「なになに?」

雫が割って入ってきた。

「今度、虎姫がうちでお兄様と会食するのよ」

「なんかずるいわ。いいな。お兄様がいて。うちは弟だから面白くないわね。何年も会ってないけど」

「雫の家も弟とは会ってないの」

「うん。八重のとこも弟よね」

「ええ。といっても他の家に修業に行ってるからうちも何年も会ってない」

「そういうものよね。男兄弟って」

男の兄弟と一緒に過ごすというのは六歳までである。七歳になったらある程度の家では別れさせられる。

だから兄や弟と食事というのは、許嫁よりも距離が遠いといえる。

「今回の料理はライスカレーだから、楽しみにしていてね」

「この間から考えていたやつか。結局ストロベリーカレーにしたのか」

「まだ最終的には決まっていないわ」

兄妹の食事にふさわしいカレーとなるとなかなか難しい。

「わたくしも鈴川で食事します。両親はもう説得したから」

雫が胸を張った。

「それは楽しみね。うちの料理は美味しいわよ」

「洋食が食べたいの。それもお願いしてあるわ」

「ありがとう」

友達とはいえ、正式な注文があるなら洋食の献立を一品ぐらいは入れてもらえるにちがいない。

今回のライスカレーのようなものだ。

こうやって少しずつ実績を積んで、いつかは快楽亭のようになりたいものだ。

そんなことを考えているうちに、すぐにライスカレーの日はやって来たのだった。

「どうぞ」

八重は二人の前にライスカレーの皿を置いた。

「ストロベリーカレーです」

虎姫は驚いたような顔をする。

「苺とは珍しいですわね」

学校での顔とはうってかわって、とてもおしとやかである。おばあさまとここにやってきた時より表向きの顔だ。

虎姫のお兄様は、眉目秀麗という言葉を寒天で固めたような人だった。あらゆることにそつがないように見える。

ライスカレーを一口食べると、顔をほころばせる。

「これは美味しいですね。カレーに苺というとどのような味になるかと思いましたが、苺の酸味がカレーとよく合います。というよりもカレーの方が苺に合わせているような印象すらありますね」

「その通りです。これは見た目も味も全然違う二人でも、同じ皿の中で寄り添えばしっくりくるというライスカレーなんです」

それから八重は、お兄様に頭を下げた。

「婚約おめでとうございます」

「よくご存知ですね」

「お伺いしましたから」

八重はすまして答えた。

久しぶりに兄と妹が出会うということは、もしかしたらもう会わないということではないかと思ったのである。

そして一番あり得ることとして、兄の方が新しく家庭を持つのではないかと思ったのだ。

それで虎姫に探りを入れてもらったのである。

「新しい家庭が優しい家庭になりますように」

「ありがとう。この苺のライスカレーはとても印象に残る料理だよ」

褒《ほ》めてもらってほっとする。

実際、苺のカレーは無理かと思ったのだが、洋一郎がうまく工夫してくれたのである。だから八重の力とも言い難《がた》い。

それでも、なんとか課題を果たすことができて、虎姫のためにも心から嬉しくなったのだった。

そして。

「あのライスカレーは、お前のストロベリーとののろけか？」

虎姫が笑った。

「そんなことはありません。虎姫のために真面目に考えて作ったのよ」

「真面目に考えてストロベリーなのか。あれはりんごでも何でもよかったのではないか。ストロベリーとの合作だからあえて苺なのだろう」

「そんなことはないわ」

否定はしたものの、否定しきれない。洋一郎との合作だからストロベリーにしたのは確かにある。もっとも虎姫の言うような甘い雰囲気《ふんいき》がまったくなくて、仕事中の洋一郎が案外怖いということを知っただけだった。

「いいな、わたくしも食べたいです」

雫がすねたように言う。

「今度寮でも作るわよ。ライスカレーは洋食の代表だからね」

「よろしくね」

雫が言う。

「ところで、訊きたいことがある」

虎姫が真面目に言った。

「なに？」

八重と雫が同時に返事をする。

「あんみつは食べるか飲むかどちらだ」

虎姫の言葉に、雫も真面目な顔で返す。

「それは浅草の梅園で議論すべき事柄ね」

「賛成」

八重が言うと、三人で大笑いした。

それから八重は心の中で思うのだ。

わたくしのことはどう思っているのかしら。

あのストロベリー野郎は。

鯛《たい》とキャベツのロマンス

「春休み旅行に行かないか」

不意に虎姫《とらひめ》が言った。

「花見ではなくて旅行なのですか？　誰かの別荘にお泊まりということ？」

「旅館だ」

虎姫が胸を張る。

「無理無理。できるわけがないでしょう」

「冬休みにはスキーに行っただろう」

「あれは学校の行事でしょう。個人で好き勝手に旅行に行くなんて、許してくださいって言う気にもならないわ。座敷牢に閉じ込められちゃう」

雫《しずく》がぶるっと体をふるわせた。

「そこはまったく問題がない。八重《やえ》が活躍してくれればの話だが」

「わたくしが？」

八重が言うと、虎姫が大きく頷《うなず》いた。

「ご学友の顔合わせというわけだ」

くすくすと笑う。

そういうことか、と八重は思う。

一番格上の虎姫の家が誘うのであれば、雫の家も文句は言いにくい。そのためにも、両家の顔合わせをしておかなければならないのだ。

この三人なら安心だということになれば、三人というのは無理でも、ねえやの一人も同行すれば旅行はできるかもしれない。

「そのためにも洋食を頼む。新進気鋭の明治の女子の腕を見せてやってくれ」

虎姫に言われなくても、もちろんやるだけのことはやるつもりだ。

「顔合わせということは、両家ともおばあさまがやってくるということよね」

「そうなるな」

「虎姫の家は分かるけど、雫の家はどうなの。お父様がやってくるのではないの」

雫の父親は雫を溺愛《できあい》しているから、同席しそうな気がする。

「おばあさまが仕切る席にお父様が同席するなんてありえないですわ」

雫が即座に否定した。

確かにそうだ。外向きには絶対的な力を持っている父親でも、家の中では自分の母親に勝てはしない。

雫は娘である以上、家の中ではおばあさまが絶対である。

「雫のおばあさまって、どんな人なの。虎姫のおばあさまみたいに洋食に理解があるの？」

「全然ない。むしろ江戸時代に逆行しているような人よ。先進的なお父様とは正反対と言ってもいいかしら」

「それだと旅行って、絶望的ではなくて」

「そうでもないわ。虎姫の家柄には興味があるみたい。『鈴川《すずかわ》』も、江戸時代から続いてる老舗《しにせ》だからきっと気に入るわ」

「でもそこで洋食を出したら怒り出すのではないかしら」

「怒らない洋食を出して。江戸時代から続く由緒正しい洋食とか」

「明治になって入ってきたから洋食なんじゃないかしら」

江戸時代から続く洋食なんて聞いたこともない。

「調べればひとつぐらいあるんじゃないかしら」

「それはそうかもしれないわね」

考えたこともないから調べたこともない。何もしないで決めつけるのは、いいことは言えないだろう。

「分かったわ。それでどうすればいいの」

「うちの家から、鈴川に予約を入れるから、あとはそちらでうまくやってくれ。そしてうまくいったら箱根に行こうじゃないか」

「箱根なんだ」

「それこそ江戸時代からやってる旅館があってな。私は行ったことがないが、おばあさまは何度か行っているらしい」

「それは楽しみね」

三人で温泉というのは考えただけでも楽しい。ここは何としてもうまく切り抜ける必要があった。

「分かった。うまく考える」

八重が答えると、虎姫は安心したように笑った。

「そしてもうひとつ、今日は行きたい所があるのだ」

「なあに。また甘味？」

「寿司《すし》屋だ」

虎姫が気まずそうに言った。

「どうしてお寿司屋さんなの？　芸者でもあるまいし」

「まあ。わけありなのだ」

「お寿司屋さんでないといけませんの？　お蕎麦《そば》屋さんで出前を取ればいいのではないですか」

雫が心配そうに言った。

確かに女だけで寿司屋に入ることはありえない。握り寿司という食べ物は女の口には少々大きい。品がないということで避けられている食べ物のひとつだ。八重も見たことはあるが寿司屋の握り寿司は食べたことはない。

料亭は手毬《てまり》寿司という丸くて小さい寿司は作るが、大ぶりの握り寿司は出さないからだ。

「わけというからには、例の殿方のことですわね」

雫がすっぱりと言う。

「なぜそんなことを思うのだ」

「そうでもなければ、お寿司屋さんに行くなんて思いつかないでしょう」

「それはそうだが」

虎姫は露骨に顔を赤らめた。

「あの人は寿司が好きらしい。私は食べたことがないからな。話をされてもついていけないのだ」

「それなら家の人に頼んで出前を取ってもらえばいいじゃない」

「寿司屋というものは風情《ふぜい》があっていいらしいのだ。と言っても、迂闊《うかつ》に寿司屋に行きたいなどと言えば家の人間は驚いて、私を監禁するかもしれない。座敷牢で過ごすのは避けたいところだ」

「確かにそうですわね。虎姫が寿司といえば乱心を疑われるのは間違いないわ」

雫が大きく頷いた。

「でも、お寿司屋さんは確かにあちこちにあるけど、どこの店がいい店かなんてまったく分からないわよ」

「それは調べておいた」

「いつの間に調べたの」

「三味線の師匠に訊いたのだ」

確かに古い家柄なら、三味線を習っているのはわりと普通だ。師匠となると芸者だろうから、寿司屋のことも訊けるというわけだ。

「寿司屋がどんなところなのか、見当もつきませんわね。そもそも女学生だけで行って入れるものなのですか」

「紹介してもらって予約を入れてあるから平気だ」

「もう予約を入れてあるのですか?」

「すまない」

虎姫が悪びれた様子もなく言った。八重たちが付き合ってくれるのを信じているらしい。

「わたくしは賛成。行ったことないから興味あるわ」

八重は右手を上げた。

「それではわたくしが反対みたいではないですか。もちろん賛成です。入れるのかどうかを心配しただけですわ」

雫が軽く頬《ほお》をふくらませた。

「反対されるなんて思ってはいないさ。だから予約してあるんだ」

虎姫は軽く笑い声を立てた。

それにしても寿司屋とは。帰ったら洋一郎《よういちろう》に寿司のことを話してみよう。


放課後になると、八重たちはうきうきと自転車に乗った。

虎姫の約束した寿司屋は浅草橋らしい。自転車なら椿山《つばきやま》女子大学から三十分と少しである。

柳橋の芸者がよく使う店らしい。

店に着くと、いい加減年季の入った看板に「都寿司」とある。中に入ると、普通の料理屋にはない台が置いてある。

料理人の目の前に台がある。どうやらそこに寿司を置くらしい。料理屋とはまるで形式が違うようだ。

「ここに座ってください。お嬢さん方」

言われるままに椅子《いす》に腰をかける。

店主は、棚からざるに入った魚の切り身を取り出すと脇に置いた。

「食べられないものはありますか？」

「ありません」

全員で答える。

「では握りましょう」

店主は慣れた手つきで寿司を握りはじめた。噂《うわさ》に聞いていたような大ぶりの寿司ではない。八重たちにもちょうどいい大きさの寿司だった。

「まずはこれからいきましょう」

店主が出してきたのは、鯛《たい》であった。食べると、酢で〆《しめ》てある。

「美味《おい》しい。こんな食べ方があるんですね」

八重は思わず声に出した。もちろん八重の店でも鯛を酢で〆ることはある。ただ、寿司屋の鯛は鈴川よりも酢も塩もきつい。米と合わせて食べるせいだ。酢の混ざった米がうまく鯛の味を受け止めていた。表面には軽く醤油《しょうゆ》が塗ってある。

ちらし寿司は食べることはあるが、握り寿司は女学生には縁遠い食べ物だけに、かなり新鮮な感じがする。

「鯛をこんな形で酢で〆るって考えたことがありませんでした」

「お嬢さんは料理をするのかい?」

「実家が料理屋なんです」

八重が答えると、店主は深く頷いた。

「ここは花街の寿司屋だから、青魚を使わないんだよ。酢で〆た魚を使うときは鯛なんだ。花街でなければコハダを〆るところだけどね」

「どうして花街だと鯛なんですか?」

「青魚はどうしても匂《にお》いがするでしょう。芸者なんかは匂いを嫌うからね。鯛なんだよ」

芸者は青魚を嫌うというのは知らなかった。言われればなんとなく分かるが想像したことはない。

店主は次にマグロを握ってくれた。醤油に漬かって黒くなっている。

「すごい色ですね」

「料亭なんかだと色を気にして単なる刺身にするだろう。でも寿司のときは、こうやって醤油に漬けてしまった方が旨《うま》いんだ」

店主がにこにこと解説してくれる。

「単純に刺身をシャリの上にのっけるような仕事はしないよ」

何かしら細工をするというのが寿司らしい。

そう思いながらマグロを口に入れる。醤油で黒い割に、味が濃すぎるということはない。マグロの旨味と醤油の旨味がうまく溶《と》け合っていた。

「これも美味しいですね」

　これを洋食だとするとどうだろう。洋食にも刺身というものはない。必ず何かしら調理をしたものを出す。

　そう考えると、寿司と洋食には共通点があるのかもしれない。

「実は、今度わたくしの作った洋食を出すことになっているのですけれども、お寿司はなんだか良いきっかけになる気がします。必ず手を加えるのでしょう？」

「そうだね。でも洋食となると、寿司とはまた違うな。と言っても、せっかくこうやって来てくれたのに手ぶらで帰すのも悪いね」

　店主は少し考え込んだ。

　まさか寿司屋で洋食のきっかけを得られるとは思わなかった。八重としてはどんなことが聞けるのかと思ってドキドキする。

　虎姫と雫も、店主の言葉を待った。

「料理の種類というよりも、客をもてなす心じゃないかな」

「心ですか」

「どんな料理でもそうだけど、どうやって客を楽しませるかっていう遊び心があることが大切なんだよ」

そう言いながら、店主はさっと赤貝を握ってくれた。上に桜の花びらがのっている。貝の赤に桜の淡紅色がよく似合う。

「綺麗《きれい》ですね」

「この花びらは、味にはあまり影響しないけどね。と言っても今は桜の時季だから、こういうのを喜ぶお客さんもいるのさ」

「そうですね。気持ちが華やかになります」

「皿の上に絵を描く気持ちで料理を作るといいよ。絵っていうのはさ、芯になるものがあって、かといってそれだけじゃ駄目だろう。背景だって大切なんだ。寿司はなかなか背景を演出できないんだけどね。洋食ならちゃんと絵を描けるだろう」

料理の盛り付けは、確かに目を楽しませることも考える。それは浮世絵のような感覚だ。しかし洋食だから、水彩画や油絵のようなものなのかもしれない。

料理でうまく桜を描けるといいような気がした。

「桜を主題にした料理を作ってみます」

八重が言うと、虎姫が口を挟んだ。

「待て。桜は駄目だ」

「どうして」

「すぐに散ってしまうからな。不吉な花だとして嫌われるのだ」

「お嬢さんの家は元は武士かい？」

「そうです」

それを聞くと、店主はにやりと笑った。

「それなら大丈夫。ソメイヨシノではなくて、江戸彼岸《ひがん》を使うといいよ」

「どういうことですか？」

八重が思わず訊く。

「お嬢さんたちは若いから分からないだろうが、散る桜っていうのはソメイヨシノのことでね。あれは明治になって広まった花で、江戸時代にあった江戸彼岸はあんなに綺麗に散らないいんだよ。だから平気だと思うよ。相手が古い人間ならね」

「おばあさまは確かに古い人間ですね」

虎姫が考え込む。

「むしろ江戸のことをよく知っていると喜ぶんじゃないかね」

ソメイヨシノが新しい花だというのは知らなかった。八重たちからすると桜といえばソメイヨシノという印象があるからだ。

「桜を印象付けるとしたら、食材は何でしょう」

「鯛だろうな。何と言っても桜色だから」

確かにそうだ。しかし、それだけだとなんだかありきたりな気がする。

「せっかく寿司屋に来たんだから、少々行儀の悪いものも食べていくといい」

そして店主が海苔《のり》巻きを巻いてくれた。

口に入れると、なかはマグロだった。ただし、さっき食べたマグロと違って随分と脂《あぶら》の味がする。

「脂の甘味が強いですね」

「こいつはマグロの皮の裏側や、背骨の周りについた身を削ったものなんだ。本来は捨てちまうところなんだけど、まかないでは食べるのさ。たまにこういうのが好きなお客さんがいてね。ちょっととろっとしてるからトロっていうのさ」

まったく聞いたこともない名前だった。

脂っこいと言っても肉に比べればあっさりしているから、八重からすると赤身のマグロよりも好ましいような気がする。

「これは洋食にできないでしょうか」

「できないこともないが、古い家ならマグロは嫌うだろうよ。下魚《げざかな》だからね。冒険しすぎるといけないよ。それは料理人の都合の押しつけだ」

確かにそうだ。料理は客のために出すのだから、こちらの都合を押しつけるわけにはいかないだろう。

その後いくつか寿司を食べると八重たちは店を出た。

「お寿司って、思ったよりもずっと美味しいのですね」

雫が感心したように言った。

「私もあんなにいいものだとは思わなかった。また来たいな」

「そうね。また来たいわね」

答えながら、八重は、虎姫と雫のおばあさまをどうもてなそうか考えていた。


その日の晩。八重は洋一郎に寿司のことを話した。

洋一郎は頷きながら聞いていて、桜のことになると少々顔をしかめた。

「相手に嫌われるかもしれないというのもありますが、桜というのは案外使い勝手は悪いんですよ」

「そうなのですか？」

「菊と違って、花びらにも独特の香りがありますからね。ほんの少し使うには構わないですが、目立つほど使うと香りが料理の邪魔をするかもしれません」

「それは困りますね」

「かといって、他の食材で桜を作ると、ソメイヨシノも江戸彼岸もあったものではありませんからね」

「今は季節だから、なんとか桜を使いたいの」

「そうですね。だとすると」

洋一郎が言いかけるのを、八重は右手で制した。

「待って。わたくしの客だから。まずわたくしが考えます。考える前に洋一郎さんに訊いたのでは駄目でしょう」

「そうですね。少しご自分で考えると良いでしょう」

洋一郎は穏やかに笑うと、厨房《ちゅうぼう》から一品の料理を持って来た。

「とりあえず、これでも食べてみると気持ちが落ち着くかもしれません」

そういった洋一郎が持ってきたのは、がんもどきであった。

「がんもどき？」

「そうです。ただしこいつは鈴川のがんもどきじゃありません」

「洋一郎さんのがんもどきということ？」

「そうとも言えますが、これは古いがんもどきなんですよ。今のがんもどきは豆腐《とうふ》と具材をすり合わせて油で揚げるんですけどね。昔のがんもどきは、豆腐で具材を包み込んで饅頭《まんじゆう》のようにして油で揚げるんです」

食べてみると、確かに豆腐で作った大福のような感じがする。中に入っているのは、漬物と芥子《からし》であった。

ピリリとしていてなかなか美味しい。今のがんもどきとはだいぶ風情が違う。今の方がおしゃれかもしれないが、味はこちらの方が印象的だ。

「どうしてこれを作ったの？」

「八重お嬢さんが接待する相手の料理は俺も作ります。由緒正しい家柄なので古い味を混ぜようと思っているんですよ」

「洋一郎さんが古い料理を作るなら、わたくしは少し新しいものにしたいですわね」

「どうしてですか」

「古いものから新しいものに受け継がれていくというような料理にしたいではないですか」

「そうですね。親から子に、孫に、新しくなりながら受け継がれていくというのは確かによい考えです」

かといって、その新しいというのが難しいのだ。抵抗感のない新しさというのはどのようなものなのだろう。

「桜を見に行きませんか」

不意に洋一郎が言った。

「どうしてですか？」

「桜を主題にしたいなら。見るのが一番でしょう」

何の下心もない表情で洋一郎は言った。

本当に単なる食材見物ということだろうか。

「ランデヴー？　どうしちゃったんですか？」

八重が尋ねると、洋一郎は顔を赤くして首を横に振った。

「そんなことではありません。料理ですよ。料理」

「顔が赤いですよ」

「お嬢さんこそ、鏡を持って来たいくらい顔が赤いです」

言い返されて、八重はかっと頬が熱くなるのを感じた。自分が赤くなっているかどうかは自分では分からない。

しかしそれを乙女に向かって指摘するというのは、どういう神経なのだろう。

「洋一郎さんは大分無神経ですわね。そういうのを馬鹿って言うんですよ。馬鹿」

「え。その言い方は少々きつくないですか？」

「まったくきつくないです。むしろもっと言われてしかるべきですわ」

そう言ってから、少々きついかもしれないと思い返す。

「それで、いつ行くんですの？」

「どこにですか？」

「桜ですよ。自分で誘っておいてもう忘れたんですか。馬鹿」

「ああ。すいません。断られたかと思いました」

「断ったわけじゃないでしょう」

言い切ってから、改めて言葉を足す。

「友達のためなんですから」

「そうですね。お友達のためですね」

「そうです」

強い口調で言ってから、洋一郎の顔を見る。

「では今度の土曜日にしましょう」

「分かりました」

「お弁当は俺が作っておきますから。任せてください」

自分で作りたい気もあるが、昼までは学校だからどうにもならない。ここは洋一郎に任せることにした。

自分の部屋に戻ると、なんとなくもやもやして枕《まくら》を叩《たた》く。馬鹿というのは少々言いすぎだった気もした。

ため息をついて布団《ふとん》に潜り込む。

とりあえず今日のことは虎姫たちに相談しようと思いながら眠りに落ちたのだった。


「ほほう？」

虎姫がいかにも楽しそうにくすくすと笑った。

「何そのロマンス。自慢してるの？」

雫がいやそうに言う。

「ロマンスでもなければ自慢でもありません」

八重が言うと、雫がこつこつと右手で八重の額を小突いた。

「どうしてランデヴーと言ってくださらないの。馬鹿。この言葉がロマンスでないとしたらいったい何がロマンスなの。おっしゃってみなさい」

「そんなことは言っていません」

「意味は同じだろう」

　虎姫がずばっと言う。

　それからにやにやと笑う。

「顔がストロベリー色だぞ。八重」

「そんなことはありません」

「はい」

　雫が素早く手鏡を出してきた。

　鏡の中に映っている八重は確かに桜色をしている。

「男の人と二人きりで出かけるのに慣れているわけではないのです。相手が誰だったとしても赤くなるのは仕方ないではないですか」

「そうやって意地を張ってると、ストロベリーが蛇に喰《く》われてしまうぞ」

「そんなことはありません。蛇なんてそうそういるものではないでしょう」

「蛇がいない、というのは取られる心配がない、と思い込みたいだけでしょう。八重の知らないところで思いを馳《は》せている乙女がいるかもしれないわ。自分の気持ちに素直にならないと貧乏くじを引くわよ」

　雫も手厳しい。

「そうは言っても、どうしていいのか分からないわ」

「寮があるんだから、洋風の弁当でも作ったらどうだ。ストロベリーはどうせ和風の何かを作ってくるだろう」

確かにそうだ。洋食を作るなら意見も聞ける。

「その意見は採用」

そう言うと、八重はとにもかくにも土曜日を待つことにした。

そして土曜日。

八重は寮の中で腕を組んでいた。

どんな弁当を作ればいいのか、まったく思い浮かばないのである。必要以上にランデヴーを意識してしまっているらしい。

「恋する乙女って、能力を下げるのね」

雫が肩をすくめた。

「能力は下がってないわ。考えがまとまらないだけよ」

「今日のところは諦めておくしかないな」

「諦めません」

言った瞬間、思いついたことがある。

「がんもどきを作るわ」

「それはいくらなんでも洋食ではないのではないか？」

虎姫が心配そうに言う。

「洋食にする」

豆腐に包むものが洋食ならきっと洋食に違いない。幸い寮には季節はずれのトマトが置いてあった。どう食べるか思案していたところだ。

トマトとハムを豆腐で包んで揚げれば、洋食のがんもどきの出来上がりである。

洋一郎はしっかりと弁当を作ってくるだろうから、一品あれば八重の面子《メンツ》はたもたれるような気がした。

「では行ってきます」

雫と虎姫に声をかけると、八重は約束の上野公園へと向かったのであった。

「お待たせしました」

八重が着いたときにはもう洋一郎は上野公園の桜の下に茣蓙《ござ》を敷いていた。ソメイヨシノはまだ咲いてはいない。ちらほら咲いているのは江戸彼岸である。ソメイヨシノよりは咲くのがやや早い。

「ソメイヨシノよりは地味ですが、風情は負けていないと思いますよ」

確かに江戸彼岸はソメイヨシノほど華やかではないが、その代わり力強さを感じる。

「お弁当を食べましょう」

洋一郎が言う。

「会うなり、もうお弁当なの？」

「お腹《なか》がすきませんか？」

確かに言われてみるとそうだ。

「すきました」

なんとなくそう言うのにはためらいがある。はしたない気がするからだ。洋一郎相手に飾っても仕方がない、と思い返す。

落ち着け、と思う。

なんとなく虎姫たちにからかわれて、その気になってはいるが、あくまで店での関係ありきである。洋一郎が八重をどう思っているかは八重には分からない。なんとなく好意を向けられている気はするが、間違っていたら恥ずかしくて死んでしまいそうだ。

「どうぞ」

洋一郎が弁当を出してきた。

洋一郎の作ってきた献立《こんだて》は、正統派という感じの料理だ。帆立貝を大根とさっと煮たもの。鯛を焼いたもの。筍《たけのこ》ご飯。そして、こんにゃくを人参《にんじん》と蒸したものである。

「こんなものをお出ししようと思っています」

洋一郎が言った。虎姫たちに出すには確かにちょうどいいだろう。これに刺身でも足せばもう充分だ。

「わたくしも作ってきました。一品ですけど」

そう言うと八重はがんもどきを出した。

「ありがとうございます」

洋一郎は笑顔で箸《はし》を伸ばす。

「美味しいですね。トマトとハムですか。豆腐とは合わないようでいて案外いいですね。ハムに工夫したんですね」

「お寿司を参考にしたの」

「ハムの醤油漬けを作ったんですね」

「ええ」

ハムは塩気は強いが、豆腐とトマトが相手だと少々力が弱い。だから醤油と出汁《だし》を使って少しの間漬けたのである。そのときに少々七味も入れておいた。

「好きです」

不意に洋一郎が言った。

「え？」

「この味。好きですよ」

なんだ、料理か、と、思う。当たり前のことだ。この状況で好きと言えば料理の味のことに決まっているだろう。

八重は帆立に箸を伸ばした。手慣れた味で、非の打ちどころもない。

「わたくしも好きよ。洋一郎さんの料理」

「ありがとうございます」

洋一郎が照れたような笑顔になった。

「好きですよ」

確かめるようにもう一回言うと、洋一郎はがんもどきを丸のみしてしまった。

「丸のみ？」

「美味しいですから」

そう言うと今度は声を立てて笑った。

「さて、どんな料理がいいんでしょうね。洋食」

「そうね」

桜を見ながらあらためて考える。華やかさを感じる料理がいい、と考えていると、右手に何かが当たった。

洋一郎の手がぶつかったのである。

「ごめんなさい」

あわてて手を引っこめる。洋一郎もあわてて手を引っこめた。

手が当たったくらいなら、どうということもないのだが、なんだか照れてしまう。桜に見られているような気がした。

「あ」

「どうしました?」

「思いつきました。なのでお願いがあります」

「なんでしょう」

「当日は鯛を避けていただきたいの。わたくしが出しますから」

「分かりました」

洋一郎は真面目《まじめ》な顔で頷いたのだった。

その日の鈴川は、虎姫と雫以外の客は取らなかった。

華族と資産家の食事会となると、それで手が一杯になるからだ。ごくこぢんまりとした昼食会といっても、なかなかのものである。

まずは両家の「おばあさま」が二人。これに「おばあさま」の「ねえや」が二人。虎姫、雫。それに彼女たちの「ねえや」が二人。

これでもう八人。

それにそのおつきの面々が八人。合計十六人であった。食事をともにするのは四人だけではあるが、残りの十二人も食事をする。

つまり、四人の座敷と十二人の座敷がある。本来なら八人で分かれるのだが、孫娘の友人との顔合わせということで四人になったのである。

八重の献立は四人分だけ作ることになった。

気に入ってもらえるといいのだが、とドキドキする。

「そろそろですよ」

洋一郎が声をかけてきた。

「はい」

返事をすると、作り始める。

八重の料理は鯛の蒸しものだ。鯛をキャベツと一緒に蒸し上げる。そして仕上げにオリイブオイルを準備した。塩漬けの桜を入れたものだ。

桜は案外香りが強い。料理の邪魔ともとれるが、華やかな香りが色を添えると思った。

これは仕上げに使う。できた料理を席まで運んで行った。

どうやら両家は盛り上がっているようだ。

雫のおばあさまも虎姫のおばあさまもビールを飲んでいる。どんなに古い家でもビールの魅力には勝てないらしい。

料理の世界で、江戸から明治になって一番影響をもたらしたのはビールの登場だと言う人もいるくらいビールは愛されていた。

「鯛でございます」

そう言って、大きな皿を卓の上に載せる。最後にオリイブオイルを回しかけた。桜とオリイブの香りがぱっと立ちのぼる。

「いい香りですわね」

虎姫がすまして言った。今日の虎姫はまさに姫君という感じだ。今日は、八重も虎姫も雫も桜をあしらった着物を着ている。

春の華やかさを演出していた。八重が八重桜。虎姫が山桜。雫はしだれ桜である。八重が青い地。虎姫は白い地。雫は黄色い地である。

三人揃《そろ》うとまさに春という感じがする。

「仲がおよろしいのね」

虎姫のおばあさまが言った。

「女学生のうちはいいわね」

「女学生を終えたら家庭に入って人生が終わるというのは、わたくしには納得がいかないのです。わたくし自身は仕方ありませんが、娘や孫には背負わせたくないのです」

これはなかなかに危険な発言だ。下手《へた》をすれば、このまま学校を辞めさせられて、嫁ぐことにもなりかねない。

「そうね。明治の世の中ですものね。女ももう少し自由であってもいいかもしれないわ」

それから、おばあさまは八重の方に目を向けた。

「これは洋食なのね」

「そうです」

八重は思わず緊張した。もしかして口に合わなかったのだろうか。

「江戸時代からある鯛というものに、明治になってやってきたキャベツという衣をかぶせてもきちんと美味しいですものね。もう時代は変わったのでしょう」

それから、雫のおばあさまの方に目を向ける。

「孫娘たちには、もう少し楽しく自由に過ごしてもらいたいものですね」

「まったくです」

雫のおばあさまも同感という様子を見せた。

「わたくしたちもたまには昼食会を開いてもいいと存じます」

「そうね。恒例にしましょう」

これはいい展開だ、と八重は思う。鈴川にとっては顧客の獲得。八重たちにとっては自由の獲得である。

「ありがとうございます」

八重は思わず頭を下げた。

「あなた方の件に関しては、誰にも口を出させないから安心するといいわ」

虎姫のおばあさまが言う。

「ところで」

「なんでしょう」

「お醤油をくださらないかしら。オイルの味もいいのだけれど、鯛には醤油が恋しいわ」

「わたくしも」

雫のおばあさまも言った。

「かしこまりました」

あわてて醤油を出す。

二人とも醤油をかけて満足すると、会は無事に終わったのだった。


しかし。


「くだらない料理を出しやがって。家の面子は丸つぶれじゃねえか」

父親の勇児《ゆうじ》が、怒りを隠そうともしない声で言った。

「お言葉ですが、満足されていたと思います」

「それは客が優しかっただけだ。お前の料理の気が抜けていたから醤油が必要になったんだよ。いいか。醤油っていうのは確かに旨い調味料だがよ。鯛の味がしっかりしていれば、余計に醤油を足したいと思わないものなんだ。お前の料理に足りなかったのは塩味じゃなくて旨味なんだよ」

「わたくしはきちんと蒸しました」

八重が思わず反論する。

それから洋一郎の方を向いた。

「洋一郎さんはどう思いますか」

「お嬢さんの料理は失敗作です」

洋一郎があっさりと言った。

「そうなのですか?」

「すいません。助言はするなということでしたから。もちろんすごく悪いわけではありません。お客様が満足したのは本当でしょう」

自分で言うのもなんだが、いい出来だと思う。とはいえ、父親と洋一郎が揃って失敗と言うのであれば間違いないだろう。

「どこが悪かったのか教えてください」

頭を下げる。

「そうおっしゃると思って作っておきました」

洋一郎が同じ料理を出してきた。見た目はまるで変わらない。

だが、食べてみると全然旨味が違う。洋一郎の料理は、鯛の旨味がずっと濃い。塩味もがっちりとしみ込んでいた。

「まったく違う。これなら醤油はいらないわ」

「馬鹿なのか。お前は」

勇児が毒づいた。

「醤油ってものを分かってねえな。おう。洋一郎」

洋一郎が、醤油の小瓶を渡してくれた。

「これをどうぞ」

塩のきいた鯛の上にさっと醤油をかけると、山椒《さんしょう》の香りが立ちのぼった。いかにも食欲をそそる香りである。

食べると、不思議なことに塩味がきつくもなっていない。

「どうして味がきつくならないの。お醤油をかけたのに」

「醤油は塩味をやわらげる働きもありますから。かけすぎなければ旨味だけ増します。それにこれは特別な醤油ですから」

醤油だけなめてみると、鯛の味がした。どうやら鯛でとった出汁で醤油を割ってあるらしい。

「お前は鯛とキャベツを蒸し上げることを考えて、そこで考えるのをやめたんだろう。それはあくまで家庭の料理だ。そこからどうやってお金をいただく料理にするのかを考えるのが料理人ってもんなんだよ」

「はい。すみません」

八重は素直に頭を下げる。少々考えが浅かった。

「でもまあ。鯛とキャベツってのは悪くねえ。うちでもキャベツを使おうかって気持ちにはさせてくれるな」

これはなかなかの誉《ほ》め言葉である。店で使ってもいいというのは、認めたということだからだ。

「ありがとうございます」

これはかなり嬉《うれ》しい。

それにしても、自分が終着点だと思ったところがはじまりというのはなかなか恥ずかしい。今度からもう少し考えることにしよう。

「ところで、お父様」

「なんだ」

「友達と温泉に行きたいのですけれども」

八重はそう言うと、自分でも分かるくらい満面の笑みを浮かべたのだった。


それからしばらくして。

「これはいい湯なのか」

虎姫が不思議そうな声を出した。

「多分いい湯なんだと思う」

八重が答える。

八重たちは、箱根の「福住《ふくずみ》」という旅館で温泉に浸《つ》かっていた。

お湯がまるで熱くない。もちろん冷たいわけではない。ぬるいかと言われるとそうでもないのだが、熱いかと言われても違う。

浸かっているという感じがあまりしない、不思議な温泉だった。

「これが本当のぬるま湯というやつなのかしら」

雫もなんだか不思議そうである。

全然熱くないのに、だんだんと汗をかいてくる。

「確かにこれが本当のぬるま湯だろう。出たくないくらい気持ちいい」

虎姫が大きくのびをした。

「女学校のような湯だ」

「まったくね」

雫も同意する。

「このお湯って飲めるのよね。多分」

八重が言うと、虎姫がからかうような声を出した。

「おいおい。これを行く気か？」

「違うわよ。お風呂《ふろ》用じゃない温泉があるはずっていうこと」

「まさかここで料理のことを考えているのか？」

「もちろんよ。悔しかったから」

「ああ。鯛のことか。あれは充分美味しかったぞ」

「洋一郎さんの料理の方が美味しかった」

八重が言うと、雫がくすくすと笑う。

「いいじゃないの。ストロベリーとは戦わなくて」

「そんなことはないわ」

きっぱりと言った。

「たとえ夫婦になるのだとしても、何もかも夫が上ということなどあるはずがないでしょ。もちろん料理人だからあちらの方が料理が上手なのは仕方がないけど、一矢報《いっし》いないというのは我慢ができないわ」

「気が強いですわね」

雫が楽しそうに笑う。

「もしわたくしに娘ができて、男子と勝負すると言ったら、絶対応援する。一矢どころか十矢も放たせてやりたい」

「そうだな。男子と勝負できるような日が来るといいな」

虎姫が頷く。

「男の陰に隠れた月のような生き方はいやだからな」

「いいわよね。ロマンスがある人たちは余裕があって」

雫がむくれたような声を出した。

「余裕の話題じゃないでしょう」

八重が反論する。

「わたくしは殿方の陰でも別にかまいません。好きにさせてくれるなら」

雫が不満そうに言う。

「好きな男ができたら、ちゃんと不満を持つさ。雫も」

虎姫がからかうように言った。

「ロマンスを探せばいいだろう」

「わたくしはえり好みが激しいのです」

すまして言ってから、ふふ、と声を上げて笑った。

「しばらくはぬるま湯でいきましょう」

「そうね」

相槌《あいづち》をうちながら、八重はあらためてお湯を手ですくった。

とりあえず洋一郎をぎゃふんと言わせてみたい、と。

乙女と牛肉

顔を洗う時の水が手に気持ちがいいくらいになってくると、なんとなく春を感じる。他の人がどう思うのか分からないが、八重にとっては春の実感は朝の水だった。

矢絣《やがすり》の着物に着替えると、匂《にお》い袋を手にとる。

冬の間は温度が低くて匂い袋をつけてもそんなには香りが立ってくれない。しかし春になってくると体の周りに香りを巡らせるのは重要だ。

四月中旬にさしかかる今は、桃の花びらがちょうどいい。桃の花は甘やかないい香りがする。ただ桃だけだと香りが単調なので、みかんの皮を少し混ぜてある。

準備を整えて下に降りると、洋一郎が厨房《ちゅうぼう》で何かを作っていた。

厨房の中には貝の香りが漂っていた。どうやら貝を煮ているらしい。この時季ならあさりか青柳《あおやぎ》だろう。

飯に炊き込んでも汁物にしても美味《おい》しい。

「これを食べて行ってください」

洋一郎が小ぶりの握り飯を一個渡してくれた。一口で食べられる大きさだ。

「ありがとう」

お礼を言いながら、口の中に放り込んで自転車にまたがる。握り飯はあさりの炊き込みご飯で、中には焼いた味噌《みそ》が入っていた。

味噌の甘味とあさりの出汁《だし》がものすごくよく合っている。

相変わらず洋一郎は腕がいい。

自転車で学校まで走っていると、あちらこちらで桜が咲いている。そろそろ虎姫が花見をしようと言い出すのではないか。

そんなことを考えながら学校に着く。

自転車を置いて、まずは寮の方に向かう。今日の朝食を作るためだ。

歩いていると、クラスメートの小倉唯子《おぐらゆいこ》がこちらに歩いてくるのが見えた。女学生の定番の矢絣ではなくて、牡丹《ぼたん》を染め抜いた着物である。

歩いているだけで校則違反ではないかと言われるほどの美貌《びぼう》の持ち主である。その上で着物も女学生らしからぬ派手なものであった。

「何かご用かしら」

八重が声をかける。

唯子は小倉矢八郎《やはちろう》という大商人の娘だ。妾腹《しょうふく》だが、きちんと家の中でも認められている。恰好《かっこう》こそ派手だが、中身は案外古風なのである。

「お願いがあるのだけど」

「何かしら」

「はい、と言ってくださらないかしら」

いや、と八重は思う。頼みごとをするなら、まずは内容を言うべきだろう。

どんなことか言ってみてくださらないかしら、と言いかけて、言うのをやめる。簡単に言えることなら最初から言うに違いない。

八重と唯子は知り合いではあるが親しくはない。つまり、親しくない相手にはあまり頼みたくないことなのだろう。

断るとしたら、聞く前に断るべきだ。そうでなければ必ず厄介事《やっかいごと》に巻き込まれる。

「分かったわ。何をすればいいのかしら」

八重はあきらめることにした。ここで断れば、八重には分からない理由で勝手に傷つくに違いない。それはなんだか忍びなかった。

「一緒にお花見をしてほしいの」

唯子が言い出したのは意外なことだった。

「そのくらいのこと、気にしないで普通に言えばいいじゃないの」

「普通に言ったら断るでしょう?」

唯子が八重の顔色を窺《うかが》うように言った。

「そんなことは……あるわね」

八重が答える。確かに、親しくない相手に花見に誘われても、首を縦に振るような人間はいない。

そもそも誘う理由もないだろう。

唯子の父親の小倉矢八郎という人は、日本の実業の帝王である。鉄道からホテルまでなんでもやっている。

それだけに迂闊《うかつ》に誰とでも付き合うのは許されていないはずだ。

小倉家から見ればそこらの料理屋である「鈴川」の娘に用事があるとは思えない。

「どういうわけでわたくしと花見がしたいのですか」

「あなた方が一番楽しそうだからです」

「どういうことですか」

　八重は思わず訊《き》き返した。

「言った通りですよ。あなた方がわたくしの見える範囲では一番楽しそうに暮らしているのです」

　それは能天気ということだろうか。確かにそう言われれば能天気に生きている。家の縛りもそんなにきつくはない。

　虎姫や雫も家柄のわりには自由にやっていた。

「確かに楽しくやっています。それにしてもどうして花見なのですか」

「女学生だけで花見というのを経験してみたいのです」

　それは確かにそうだ。花見と言えば殿方もやってくる。自分の家の庭以外で酔っ払った殿方が溢《あふ》れている場所に足を運ぶなどというのはとても無理だろう。

　そう考えると八重たちが花見を考えたとしても同じことが起こるだろう。一体どうやって解決すればいいのだろう。

「花見はいいのですけれども、どこで行うつもりなのですか？」

「椿山荘《ちんざんそう》をお借りすればいいのではないかと思います」

「それはいい考えですね」

八重は相槌《あいづち》を打ったが、八重が借りられるようなものではない。

椿山荘は総理大臣をつとめて、公爵《こうしゃく》に叙《じょ》されている山縣有朋《やまがたありとも》の別邸である。椿山女子大学には出資もしていて関係は深い。

だから椿山の生徒の花見として椿山荘を借りるくらいの関係性はあるだろう。ただしそれは庶民にはまったく関係ない世界の話だ。

「では四人でお花見ということでよろしいですか」

「一応、これから聞いてみます」

「そう言えば、鈴川様は毎朝寮に立ち寄っているようですが何をなさっているのですか」

「洋食を作っているのです。これからは洋食に慣れなければなりませんからね」

「鈴川様が作っているのですか」

「はい」

答えると、唯子は顔をほころばせた。

「ご一緒してもよろしいですか」

「それは構いませんけれども、簡単なものですよ」

「すごく食べてみたいです」

唯子が笑う。

「それならどうぞ」

寮の中に連れて入ると、虎姫と雫はもう来ていた。

「小倉さんではないですか。ごきげんよう」

雫が頭を下げた。

ふたりの親同士は仕事上の付き合いがある。

「どうしたのだ。小倉」

「ごきげんよう。桜木《さくらぎ》様」

唯子が頭を下げる。財力は小倉家のほうが上だが格式は桜木家のほうが上だ。同じ女学生といってもそのあたりの力関係は微妙に挨拶《あいさつ》にも影響する。

そういう意味では八重はぶっちぎりの庶民といえた。

「とりあえず料理を作ってしまうわね」

そう言うと八重は厨房に立った。

用意してきたのは、スルメと竹輪《ちくわ》。そしてキャベツである。

スルメはあらかじめハサミで細く切ってある。

炙《あぶ》って硬いまま食べる人が多いが、しっかりと煮込むと元のイカのように柔らかくなる。そして一度干したイカは煮物にすると生よりも味わい深くなるのである。

スルメと竹輪とキャベツを煮込む。そしてバタをどさり、と入れる。しっかりと煮えたところで最後に醤油《しょうゆ》をかける。

バタというのはそのまま食べても美味しいが、醤油や味噌とあわせると旨味《うまみ》がさらに引き立つのである。

「今日はご飯ではなくてパンをいただくことにするわ」

そう言いながら、フライパンを火にかける。食パンをしっかりとフライパンで焼くと、それだけでも食べられるほどに美味しくなる。

そのうえ、八重は少し思いたって用意したものがあった。

「今日はこれをつけてパンをいただきます」

そうして八重は、パンのための秘密兵器を出したのだった。

「これは何だ」

虎姫が不思議そうな声を出した。

「八丁味噌とバタを混ぜ合わせたものよ」

「味噌とバタなのですね」

唯子が面白そうな表情になる。

「それは本当に美味しいのかしら」

雫はやや疑問という感じである。

「普通の味噌でもいいのだけれど、それだと少し塩辛いの。伝統的な江戸の味噌だと今度は少々甘すぎる。その点今日用意した三河《みかわ》の八丁味噌はバタとの相性はすごくいいのよ」

「これが八丁味噌か。初めて見るな」

虎姫が興味深そうに言った。

「徳川家康《とくがわいえやす》公が食べていたという味噌だろう。聞いたことがある」

「徳川はぜいたくをしていたのだな」

虎姫が笑う。

「実際に家康様が食べていた丸やという店の味噌なのよ」

八重が言うと、二人とも感心した顔をした。

「そうよ。城から八丁離れたところで造っていたから八丁味噌なんだって」

「そうか。そういうことはなかなか学校では教えてくれないからな」

「徳川が絡んだ出来事は授業ではやれないですからね」

雫が肩をすくめる。

「まあな。徳川だろうが上杉《うえすぎ》だろうが、大名の直系がゴロゴロいるからな。迂闊なことを喋《しゃべ》れば教師の首などすぐに飛んでしまう」

歴史の授業は教師にとっては最もやりにくいもので、当たり障《さわ》りのないことしか喋れない気の毒な時間だった。

形式上徳川家は負けているが、政府が徳川家をないがしろにするわけでもなく、名家としてしっかりと残っている。といっても持ち上げすぎるのも問題だから、結局さまざまなことがうやむやになっていた。

なので徳川家が愛した味噌などというのは学校の話題には出ないのである。

「とりあえずパンが焼けたら味見をしてみて」

スルメが煮えるまで時間はある。八重は、フライパンで焼けたトーストを四等分して渡した。

「これは何という調味料になるのですか?」

唯子が聞く。

「味噌バタかしら」

「なかなか面白いな。味噌とバタの組み合わせというのはいかにも文明開化という感じがするではないか」

言いながら虎姫は味噌バタをパンに塗《ぬ》っていく。

全員が塗り終わる。

「ではいただきます」

八重が声をかけると、いっせいにパンを口に入れた。

焼きたてのパンにバタを塗ると、ふんわりした香りが口の中に広がる。そして味噌の香りはそのいい部分をまるで邪魔しない。

もちろん質の良くない味噌であるなら嫌な匂いになってしまう。だが、上等な八丁味噌はバタの香りをうまく押し上げてくれる。

パンの持っている小麦の甘味を何倍も強調してくれるのだ。

「これは癖になりそうな美味しさだな」

虎姫が感心したように言った。

サクサクとした感触とともに食べていると、スルメが煮えた。パンは全員分はないから、基本はご飯である。

「おまちどおさま」

今日八重の洋食を食べる生徒は全部で八人。それに八重たちを足して十二人である。といっても他の八人は遠慮して会話には入ってこない。

寮の中とはいえ生徒同士で打ち解けるのはなかなか大変である。虎姫たちの身分は少々高すぎるといえた。

「これも美味しいですわね」

唯子がスルメに口をつけると楽しそうに微笑《ほほえ》んだ。

「鈴川様のお料理はどれも優しい味がします」

「八重でいいですわ。小倉様」

「そういうのであれば、わたくしも唯子と呼んでくださらないといけないわ。唯子さんではなくてよ。唯子」

「分かりました。唯子と呼ばせていただきます」

「ありがとう」

そして八重は、改めて虎姫と雫の方に目をやった。

「四人で花見がしたいらしいの」

「花見？」

虎姫が言う。

「はい。わたくしと花見をしていただけませんか」

唯子が頭を下げた。

「それは構わないが、どうして突然花見なのだ」

虎姫の疑問はもっともだ。八重も理由は知りたい。

「これからの女は元気でなくてはならないから、何かひとつおてんばをしろとお父様がおっしゃるのです」

「それが花見というわけか」

「はい」

確かに女だけで花見というのはおてんばには違いない。

「いいだろう。わたしも女だけで花見というのはやってみたい」

「でも、花見の名所は殿方もいらっしゃいますよ」

雫が当然の疑問を口にする。

「椿山荘をお借りしようと思っているのです」

唯子が口にした。

「おお。あそこならいいな。他の人間を入れないでくれと言っておけばあれほど気楽なところはないからな」

「虎姫は行ったことがあるの」

「ある。ただ椿の季節にな。あそこは椿がすごく綺麗《きれい》だから椿山荘というのだ。とはいっても桜も色々咲いているぞ」

「ではそうしましょう」

唯子が言う。

「それともうひとつ」

「なんですか?」

「八重の料理をお店で食べてみたいと思うのよ」


「へえ。小倉家のお嬢様が八重の料理をね」

海子《うみこ》が感心したように言った。

「八重は女将《おかみ》に向いてるわね」

鈴川の厨房である。海子と勇児、洋一郎がそろっているところで八重は唯子のことを口にした。

勇児はやや機嫌《きげん》の悪い顔である。

「しかし、料理人じゃなくて娘の料理が食べたいというのはどうなんだ」

「八重が恥ずかしくない料理を出せばいいんだろう。洋一郎、手伝ってあげな」

「分かりました」

洋一郎が頷《うなず》く。

「俺じゃなくて洋一郎が手伝うのか」

「当たり前だろ。父親と料理なんて作っても面白くないじゃないか。ここはひとつ、洋一郎と仲良く作るのがいいんだよ」

「あの。わたくしたちはそういう仲ではありません」

八重は思わず反論した。もちろんそのうちそういう仲になるかもしれないが、今から決めつけられるのは恥ずかしい。

「他に男でもいるのかい」

海子が言う。

「そんなことは全然ありません」

「じゃあいいじゃないか」

この問題に関しては、海子は八重の意見は求めていないようだった。洋一郎の方を見ると、何の表情も浮かべていない。

何がいやといって、八重の側が一方的にその気になっているだけで、洋一郎は心に決めた相手がいるというような場合だ。

そんなことになったら恥ずかしくて死んでしまう。

「それでどんな料理を作るんだい。相手はさ、何といっても日本有数の金持ちのお嬢さんだからね。あまり気取ったものを出すとかえって失望させるよ」

「分かっています」

「腹案はあるのかい」

「ありません」

正直に答えた。なんといっても今日言われたことである。いつも献立《こんだて》のことを考えているならともかく、いきなり相手を満足させるのは難しい。

「洋一郎さんはどう思う？」

八重は思わず訊いた。

「洋食がいいんですよね」

「はい」

「それなら単純な料理がいいでしょう。卵を焼いただけとか魚を焼いただけとか。あまり技術に走るのではなくて自分にできるご馳走《ちそう》がいいですよ」

「ご馳走？」

「自分で走り回って料理を整えるからご馳走っていう漢字なんです。料理人ではないのですから真心で勝負しましょう」

そう言うと、洋一郎は厨房に立った。

「今日のまかないを作ります」

そう言うと、何かを刻む音がした。

それから、しゅわっという何かを揚げる音がする。

「どうぞ」

洋一郎が出してきたのは天婦羅《てんぷら》だった。

つくしと大根の皮、そしてタコである。

「へえ。やるじゃないか」

海子がくすりと笑った。

「俺は感心できないな」

勇児は不愉快そうな声を出した。

「これをどうぞ」

洋一郎は、天つゆではなくて、醤油をさっと天婦羅の上にかけた。

「お醤油なの？」

「食べてみてください」

つくしを一口食べると、かすかに苦味が口の中に広がる。油の甘味とつくしの苦味が舌の上でダンスをしているようで気分がいい。

大根の皮も、細かく切ってあるせいか、サクサクとした感触のうえにみずみずしさを失っていない。

しかし特筆すべきはタコである。タコというのは生で食べても煮て食べても美味しいが、天婦羅にすると際立つ美味しさがある。

特に揚げたてで熱々のやつを口の中に入れると、嚙《か》んだ瞬間にタコの旨味が口の中に吹き出してくる。

旨味が油の服を纏《まと》っているようだ。そして洋一郎のかけた醬油には、不思議な酸味と、かすかな甘味がついていた。

「美味しい」

思わず声が出る。

「天つゆではなくて醬油なのね」

「天つゆももちろん美味しいのですが、どのつゆでも若干《じやつかん》甘味をつけているでしょう。でも、油に甘味があるから、少々くどいと思うんです」

「でもただの醬油ではないですよね。甘味がある。酸味も」

「夏みかん醬油です」

洋一郎が言う。

「夏みかんで醤油を割ったの？」

「そうです。天婦羅とも相性がいいですがフライともいいですよ」

「フライにはソースじゃないの」

「自分の感覚としてはソースも甘すぎです。揚げ物に向いた醤油を作ったほうが美味しいのではないかと思います」

それから洋一郎は勇児を見た。

「天婦羅はこちらのほうがいいと思うんですよ」

洋一郎が言った。

「それは、味を変えろってことかい」

「お客様に合わせて少々変えるのは悪いことではないと思いますよ」

「伝統ってものもあるだろう」

「少し変えたぐらいでなくなるような安っぽいものではないでしょう。伝統というのは」

どうやら今食べている天婦羅は鈴川の味ではないらしい。

そういえばいつもよりも味が軽い気がする。

洋一郎が続けて揚げた天婦羅を見て、八重は納得した。

天婦羅が白い。

伝統的な天婦羅であれば衣はやや赤みがかっている。しかし、洋一郎の揚げた天婦羅は白かった。これは胡麻油を使っていないことを意味する。

「最後にこれをどうぞ」

洋一郎が、卵を出してきた。衣はついていない。卵を油で素揚げにしたらしい。

「さきほどの醬油をかけてください」

言われるままに夏みかん醬油をかけた。

卵から、ふわりと夏みかんの匂いがする。口に入れると、卵の甘味と醬油の味に加えてほのかな酸味がある。

「すごい。ただ卵を揚げただけなのに」

八重は思わずうなってしまった。

「どうですか。これは」

洋一郎が得意そうに言った。

「なかなか生意気なことをする」

勇児が舌打ちした。

「分かった。八重と二人で料理を作ってみるといい」

「それともうひとつお願いがあるのですけれど」

「なんだ」

「四人で花見をさせてください。女だけで」

そう言った瞬間、海子が笑い出した。勇児は面白くなさそうな顔をしたが、反対するようなことは言わなかった。

海子はあらためて言った。

「いいね。女学生だけで花見ができるような世の中を作らないとね」


そしてとある日曜日。

四人は椿山荘に赴《おもむ》いたのだった。


「すごいわね。この別荘。お城って言われても信じるわ」

八重は感心した。

とにかく広い。普段外から眺《なが》めているが、中に入ると思ったよりもずっと広かった。

「とにかく適当な場所で弁当を食べようじゃないか」

虎姫が言う。

「花見なんだから桜を見るのではないの」

雫がたしなめるように言う。

「桜なんてどこで見たって一緒だろう。花見というのは桜を口実に食べたり騒いだりするものではないのか」

「そうなのですか？」

唯子が訊いた。

「わたしの想像ではそうだ」

「想像なの？」

八重が言うと、虎姫は大きく頷いた。

「もちろんそうだ。想像以外何ができる。そう簡単に花見の現場は見られないではないか。なんといっても女学生だからな」

「そうね」

八重も頷いた。

なんといっても女学生だから。

今のところは世の中に縛られているしかない。もしかしたら自分の娘や孫の代になれば少しは変わるのだろう。

「とにかくなるべくいいところに嫁に行くしかないからな」

「虎姫はもう決まってるんだからいいじゃない。問題はわたくしね。どこにもロマンスなんて落ちてないわ」

「それはそれでいいではありませんか」

唯子が言う。

「唯子はどうなの」

「分かりませんが、大人の都合で嫁ぎ先が決まります。わたくしは妾腹ですから、一体どうなるのか見当もつきませんね。幸いお父様はわたくしを可愛《かわい》がってくれていますから、ひどいことにはならないでしょう」

「それにしても、なんでおてんばをしろなんて言い出したのかしらね」

「英米の女性は、本当におてんばらしいのです。お父様は、日本の女ももっと元気にならなければならないと思っているのです。男の後ろを黙ってついていくなんていつかバカバカしくなる時が来るとおっしゃっています」

「それはなかなか先進的だな」

「だからおてんばを応援するみたいですよ」

「ではおてんばなものを食べましょう」

八重は用意してきたお重をみなに見せた。

「稲荷寿司《いなりずし》を作ってきました」

「お。いいな」

虎姫が言う。

稲荷寿司は屋台の駄物《だもの》だということで食べるのにいい顔はされない。今日は四人だけだから他人の目を気にせずはしたなく食べることができる。

「こちらの端からお食べになって」

八重の弁当には工夫がしてあった。右の端が一番味が薄くて、左の端が一番濃くなっている。それにともなって中の具も変えてあるので、無造作に手にとられると困るのだ。

右端の稲荷は、鰹節《かつおぶし》だけでさっと出汁をとったものに味醂《みりん》で薄く甘味をつけて、具は何も入っていない。二番目のものは、関西風に鰹節と昆布《こんぶ》で出汁をとって、味醂と、わずかな砂糖を使ってあり、刻んだ漬物が入っていた。最後のものはさらに椎茸《しいたけ》の出汁もたして、砂糖も思いきってきかせてある。そして椎茸とかんぴょうを煮て刻んだものを入れていた。

「昆布の味がするのは珍しいわね」

　雫が言った。

「そうだな。東京ではなかなかお目にかからない味だ」

　そうは言っても全員昆布の味は知っている。

「これからの料理屋は昆布とも付き合わないといけないから」

　今の時代、東京の料理屋にとって、昆布というのは課題である。昆布の出汁は関西の味で、東京の人間には馴染《なじ》みがない。

　昆布の甘味が気持ち悪いと敬遠する人も多いのである。

「食べるものに関しては、東京と大阪はかなり違うからな」

「東京はやはりお醤油の味ですからね」

　八重が言う。

「そうね。醤油の良し悪しで料理の味が決まるところがあるわね」

　唯子が頷いた。

「お父様はね。日本人はもっとバタの味に慣れたほうがいいと仰《おつしや》るの。牛肉の味には慣れてきたけど、まだまだバタには慣れていないと」

「そういえば、わたくしの料理を食べるのはいいけど、何人でいらっしゃるの」

小倉家ともなると、相応の人数で来そうだった。

「一人よ。おてんばですもの」

「それはすごいな。一人で鈴川に行けるのか」

虎姫が驚いたように言った。

「待て待て。それならわたしも行く。小倉家のお嬢様が一人で行くならうちも一人でと言って通用しそうだ」

「それならわたくしも行きますわ」

雫も乗ってくる。

「では皆さんで行きましょうよ」

「それって、どんな味だったのかを後で報告するということよね」

「もちろんよ」

「責任重大というところね」

迂闊なものを出したら、店の名前に傷がつきかねない。

「バタを使ったものがいいのよね」

「はい」

どうしたものか、と思う。

「ところで訊いておきたいことがあるのだが」

　虎姫が唯子に言った。

「なんでしょう」

「唯子はこのままわたしたちの仲間になるのか。それとも単純に花見の相手が欲しかっただけなのか、どちらだ」

「仲間に入れていただいてもよろしいのですか」

　唯子が遠慮がちに言う。

「もちろん構わない。というかそちらが構うかどうかの問題だからな」

「わたくしは妾腹ですからね」

　唯子が少し寂しそうに笑った。

「母親が芸者なのだろう？」

　虎姫が言う。

「はい」

「恥じることなど何もないだろう。芸者は立派な仕事ではないか。そもそも国を動かしている人間で芸者の世話になっていない人間などいないだろう」

「そうですけれど、正妻の方にはうとまれます」

唯子が目を伏せる。

「父親が同じなら子供は同じ扱いを受けることができればいいのだがな。まったく近代化というのは厄介なものだ」

虎姫が少々怒ったような声を出した。

少し前までは妾《めかけ》も正妻も権利は同じだったらしい。しかし、それでは都合が悪いということで鹿鳴館《ろくめいかん》時代に妾の権利が剝《は》ぎ取られてしまった。

正妻からすると同じ権利というのはたまったものではない。それも分かる。しかし、生まれてきた子供にいろいろと背負わせるのはどうなのだろう。

しかしそれは唯子を見ているから思うことだ。八重にしても、洋一郎がある日別の女を連れてきたらいやな気持ちになるだろう。

まだ付き合ってもいないのにそんなことを考えるなんて心が狭いのかもしれない。

「いずれにしても、わたしたちは同盟ということでいいだろう。乙女同盟というやつだな」

「同盟はいいですわね」

雫が目を輝かせた。

乙女同盟、というのは八重にとっても心地いい響きだ。

「何をする同盟になるのかしらね」

「それはもちろん、女学生だけでおてんばをしても許される世の中を作るための同盟ではないか」

虎姫が当たり前のように言った。

そのためには相当大変な戦いがあるだろう。八重にはとても戦いぬけそうにない。

「与謝野晶子《よさのあきこ》女史のようにはなれないわねえ」

そう言うと、三人が一斉に頷いた。

「あの方は少し強すぎるような気がするわ」

雫が言う。

「あの文才に憧《あこが》れますが、少々過激すぎます」

唯子も言う。

「そう言えば、うちの卒業生に平塚明子《ひらつかはるこ》という人がいて、このひとは女性の権利を主張する闘士らしいぞ」

「そうなの。聞いたことがないのだけれど」

「与謝野女史とは付き合いがあるらしい。そのうち雑誌でも作る勢いがあるようだ」

「自分たちで雑誌を作るのは憧れるわね」

八重は思わず言った。

「ストロベリーな雑誌ではないのか」

虎姫がにやりとした。

「ストロベリーって何ですの?」

唯子が訊いてくる。

「それは訊かなくてもいいことです」

八重が言うと、唯子がくすりと笑った。

「八重さんのいい人なのですね」

「まだ違います」

「まだ、ね。その方はどんな方なのかしら」

「家で働いている料理人ですよ。関係はそれだけです」

「その人と二人で作るのかしら」

「そうです」

二人で、というのはまさにそうだ。八重には思った通りの料理を作る力はまだ足りていない。洋一郎と二人で頑張ってなんとかかというところだ。

「ところで、花見というのでこれを持って来てあるのだけれど」

雫が、荷物の中から団子《だんご》を取り出した。

「お。いいものを持ってきているではないか」

雫の持ってきた団子は、生地に砂糖で味をつけてあるものだ。そこに醤油をつけて食べるようになっている。

単純に砂糖の甘さだけよりも、少し醤油をつけたほうが甘さが引き立つ。

「何でもそうだが、甘いと塩辛い、というように違う性質のものを組み合わせたほうがうまくいくような気がする」

「虎姫のお相手はそんな感じなの」

八重がつっこんだ。

「そうだな。性質はだいぶ違う。わたしのほうが少々荒っぽい性格だな。あちらは包み込むような性格だからな。わたしにはありがたい」

虎姫は照れもせずに言った。

「確かに優しそうな人よね」

八重も納得がいく。

「雫もいい相手ができるといいな」

「まったくよ。でもわたくしの場合、お父様に溺愛《できあい》されているから、お婿《むこ》さんになる人は大変だと思うわ」

雫がため息をついた。

「そういうものは勝手にまとまっていくものだ。そんなことよりも乙女同盟にふさわしい食事を何とかしてくれ」

「分かりました」

八重は答える。

そう答えてから、自分と洋一郎の組み合わせはどうなるだろう、と心の中で思ったのであった。


「そんなわけでなるべく進歩的な食事をしたいのです」

八重が訴えた。

「乙女同盟ですか。なるほど」

洋一郎は仏頂面《ぶっちょうづら》で言う。

「恥ずかしいかしら。乙女同盟なんて」

「そんなことはないでしょう」

感情を見せないまま洋一郎が考え込む。

「ただ、何をもって進歩的というかですね」

「やはり肉ではないかと思うの」

　女は肉を食べない。これはまぎれもない事実である。

　牛鍋《ぎゅうなべ》屋も流行《はや》っているなどといっても、それはあくまで男性社会でのことである。家の中を預かる女が料理を作る時は肉はほぼない。

　一年の食事のうち、肉をおかずにするのはせいぜいが二割といったところだ。それも進歩的な家での数字である。

　女にとって主要なおかずの一番は竹輪だろう。次がかまぼこではないだろうか。後はだいたいが野菜と米である。

　その生活が悪いとは言わないが、表でたくさん肉を食べている男に比べると、女の食事は力弱いと言わざるを得ない。

「そうなるとやはり牛肉ですよね。そしてバタ。単純に言えば牛肉をバタで焼いてしまえばいいのですが、それだと工夫に欠ける気がします」

「そうですね。見た目は芋《いも》っぽくてもいいのですが、中身がしっかりと詰まっている肉料理がいいです」

　八重が言うと、洋一郎がぽん、と手を叩《たた》いた。

「それならば、牛めしにしましょうか。どんぶり飯を食べるなんていかにもおてんばの感じがしませんか」

「それはいいわね。牛めしは噂《うわさ》には聞いたことがあるわ」

「いくつかの種類があるんですが、洋風でやりましょう」

「どうすれば洋風になるんでしょう」

「牛めしは牛鍋の変形ですから、味つけは少し甘いのです。しかし洋風でバタですから、甘味はつけないでおきましょう」

「それがいいわね」

「牛肉とバタの組み合わせはすごくいいですよ。言ってしまえば親子丼《どん》のようなものですからね」

確かに牛肉とバタは親子のようなものだ。

「そういえば親子丼も他人丼もあるのに夫婦《めおと》丼というのはないですね」

「何を組み合わせれば夫婦になるんでしょうね」

洋一郎が首をかしげた。

「八重さんはどう思いますか?」

洋一郎が言った。

「八重さん？」

八重は思わず訊き返す。

「何でもありません。お嬢さん」

洋一郎があわてて言い直す。

「どうして言い直すの」

「お嬢さんだからです」

「八重でいいではないですか」

「そういう関係ではありませんから」

「それなら何故《なぜ》八重と呼んだの」

「言い間違いです」

洋一郎はまるで顔色を変えないで言った。しかし、いくらなんでもその言い間違いはないだろう。八重のことを八重と呼んでみたいから起こる間違いである。

それなのに言い間違いで通すのはどうなのだろう。

「洋一郎さんは卑怯者《ひきょうもの》ですね」

「なぜですか？」

「お嬢さん、と八重さん、では一文字もかぶっていないではないですか。どのようにしても間違えようがありません。それなのに言い間違いですと言うのは男らしくないと思いませんか」

「それは……」

「八重と呼ぶのはいやなのですか？」

「そんなことはありませんが」

「今度からお嬢さんは禁止です。このままだと行きつ戻りつでしょう」

「お嬢さんは」

洋一郎は口ごもった。

「八重さんと呼ばれるのはいやではないんですか。馴《な》れ馴れしいでしょう」

「馴れ馴れしくて何が悪いのですか」

言ってから、はっと我にかえる。

これでは、馴れ馴れしくしろと言っているようなものだ。顔が赤くなるのが分かる。

「名前で呼ばれるくらいなんということはありません。これでも進歩的な明治の乙女なのですから」

「分かりました」

そして、洋一郎は顔色を変えないまま、小さな声で言った。

「今度の牛めしは、夫婦丼で行こうと思います。八重さんも客として楽しんでください」

「夫婦丼？」

「はい」

それが一体どのようなものなのか八重にも分からない。しかし、ここは洋一郎の意見をのんでおこうと思った。

そして。


「これが鈴川なのですね」

唯子が楽しそうに言った。

「ストロベリー様はどちらにいるのでしょう」

「そこなんですか」

八重が思わず口をはさんだ。

「だって気になるではないですか」

唯子はくすくすと笑いながらあたりを見回した。

「そこは気にしてくれなくて構いませんよ。そしてもうじき来ます」

「今日は八重が主導ではないのだな。珍しい」

「今日は洋一郎さんに腹案があるらしいの」

「そうか。それなら楽しみだな」

どのような料理が出るのか、八重にも分からない。しばらくして、洋一郎が丼を四つ持ってきた。

「どうぞ。牛丼です」

「牛丼ははじめてだな」

虎姫が言う。

ご飯の上に牛肉の薄切りが載っている。バタと醤油の香りがした。同時に甘い匂いが漂ってくる。

桜の葉の香りだった。

「桜？　花見気分ということかしら」

「夫婦丼とおっしゃっていたので」

洋一郎が冷静、というかよそよそしい顔で言った。

その言葉を聞いて、雫と虎姫が笑いだした。

「なるほど、確かに夫婦丼ですわね」

雫が言う。

「何のことなの」

八重にはいまひとつ分からない。

「ここに使ってあるのは桜でしょう。八重にかけているのよ。主菜の牛肉は本人のことね。八重桜と牛肉は夫婦ですと言いたいということ」

そう言われて、八重にもやっと分かる。

「それは少しやりすぎではないかしら」

「すいません」

「謝らなくてもいいです」

言いながら、牛丼に口をつけた。

薄切りの牛肉をバタで炒《いた》めてある。赤身に脂肪《あぶら》が混ざっている柔らかい肉だ。嚙むと口の中で溶《と》けていくような感じがする。

「これは美味しいお肉ですね」

唯子が嬉《うれ》しそうに言った。

「これは本物の霜降《しもふ》り肉というやつなんですよ」

「本物？　偽物があるの？」

八重が思わず訊いた。

「赤身に脂肪が入り込んだだけの霜降りもあります。でもこの霜降りは、赤身の中にぱっと霜が降りるように脂肪が散っている。牛丼にするのはこういうのがいいのです」

「ところで、これは進歩的なのですか」

唯子が訊いた。

「日本では、牛肉には甘い味つけをすることが多いです。すき焼きや牛鍋の味ですね。それに対して西洋は塩コショウだけのことが多いのです。ステーキというやつですね。ただステーキの肉というのは硬い。英米の牛肉は硬いのです。これは、味つけは英米を参考にしていますが肉は日本という折衷《せっちゅう》料理なのです」

それから、洋一郎は言葉をつづけた。

「西洋の文化を取り込むとき、日本人は、日本の文化はくだらないと思い込んで様々なものを捨ててしまいました。でも、本当はそんなことはないのです。その証拠に味だけは日本を捨てようとはしない。塩コショウではなく、醤油を使って西洋料理を作ろうと思う人が多いのが証拠ですよ」

それから唯子に笑ってみせた。

「お父様は進歩的ですが、日本の誇りを忘れていない方だとお見受けします。ぜひこの牛丼を食べにお連れください」

「分かりました」

唯子が頷いた。

なかなかいいことを言う、と八重も思う。

「しかしこれは、のろけ味というのかもしれないな」

虎姫がからかうように言った。

唯子は、真面目な顔で牛丼を食べると、洋一郎に目を向けた。

「あの、お願いがあるのですが」

「なんでしょう」

「我が家の晩餐会《ばんさんかい》で、ステーキを焼いていただけませんか」

「ステーキですか？」

「はい。西洋の人もいらっしゃいます。父としても、ひと品は美味しいステーキを入れたいと思っていたのです。これは素晴らしいです」

唯子の顔は真剣そのものだ。

洋一郎は何か言いかけたが、顔色を変えずに頷いた。

「お受けします」

なんだか風向きがおかしくなってきた。

そんなことを思いながら、晩餐会でステーキを焼くというのは、洋一郎にとっても自分にとってもいい風のような気がした。

そして。

鈴川は、のちに肉料理というものに直面することになるのである。

風鈴とかき氷

りりん。りりん。と風鈴がかろやかに鳴った。八重の部屋では風鈴をふたつ吊るしている。音が高いものとやや低いものだ。

ふたつがうまく調和して鳴る音が朝のやる気を出してくれる。

夏は暑いから、とにかくやる気がそがれる。

なけなしのやる気を掘り起こして着替えると、階下に降りた。

珍しく母親の海子が下で待っていた。

「おはようございます」

思わず頭を下げる。

自分はなにか失敗したのだろうか。と思う。海子は寛大だが、怒ると怖い。朝にわざわざ待っているというのは怒られる気がした。

「なにか失敗しましたか?」

思わず訊《き》く。

「してないよ。頼みがあるんだ」

「よかった。なんでしょう」

「土曜日になったら神楽坂《かぐらざか》に洋一郎とでかけておくれ」

「なぜですか?」

「夏だからさ。毎晩縁日やってるんだ。そこでぶらぶらして適当に食べて帰ってきておくれな。それで目についた食べ物があったら教えておくれ」

海子が当たり前のような顔をして言う。

「ぶらぶらして食べればよいのですか?」

「そうだよ。なんか文句でもあるのかい」

「いえ」

そう言って首を横に振った。しかし、言いたいことはある。それではまるでランデヴーのようではないか。

かといって口に出すわけにはいかない。「ランデヴーだ」と言い切られてしまったら、あとがないからだ。

なんといっても相手は母親である。洋一郎と八重を結婚させようと思っていても少しも不思議はない。

洋一郎は料理の筋がいい。少々頑固だが、融通《ゆうずう》がきかないわけでもない。店を八重と洋一郎が継ぐことも充分にあり得る。

問題は洋一郎の気持ちのほうだ。働いている店の娘だから拒めなくて結婚、というのは、いかにもありそうなことだ。

しかし八重としてはそれはいやなのだ。結婚するのであれば八重のことを好きでいて欲しい。

「浴衣《ゆかた》は用意しておいたから。それを着ておいき」

「浴衣だけですか?」

「なにが欲しいんだい」

「浴衣が新しいのなら下駄《げた》も新しくないと困ります」

八重が言うと、海子がにやりと笑った。

「ませたこと言うじゃないか」

「違います。そういう意味ではありません」

八重はあわてて首を横に振った。夜に浴衣を着て、新しい下駄を履《は》いて殿方と歩くというのは「その気」ということだ。

しかし海子に言われて行くのだからこの場合は違う。

「お母さまが行けというから行くのですよ」

「じゃあ、下駄なんてなにを履いてもいいじゃない」

「意地悪はよしてください。せっかく新しい浴衣なのに、下駄は去年のなの、というのでは恥ずかしくなります」

さすがにそれは乙女としていやだ。

「まあ。そうだね。じゃあ下駄は買っとくといいよ。人形町《にんぎょうちょう》の甘酒横丁《あまざけよこちょう》にいい履物屋があるから。そこで日和《ひより》下駄でも買うといい」

「ありがとうございます」

八重は嬉《うれ》しくなって頭を下げた。

「では行ってきます」

海子に声をかけると、海子の後ろから洋一郎が出てきた。

「八重お嬢さん。これを」

学校で使う食材を渡してくれる。

「ありがとう」

「今日は鰹《かつお》と冬瓜《とうがん》です」

食材の入った籠《かご》を渡されると、しっかりと摑《つか》んで家を出た。自転車にまたがる。

それにしても洋一郎と二人でなにをするのだろう。ぶらぶら、というのは、やることではない。はぐれないように手をつなないだりするのだろうか。

いや。たとえ兄弟であったとしても殿方と手をつないで歩くというのはありえない。ましてや洋一郎は完全な他人なのである。

ぐるぐると考えながら学校につく。いつもの罵声《ばせい》も考え事のせいでほとんど耳に入らなかった。

ほぼ同じ時間に雫と虎姫も学校についた。

「ごきげんよう」

挨拶《あいさつ》をすると二人で不思議そうな表情をした。

「どうした。八重」

「なにかあったのですか？」

「なにもないけど。どうしたのですか？」

「声が上ずってる」

虎姫に言われて、思わず顔が赤くなった。洋一郎に手をつなごうと言われたらどうしようと考えていたから、その気持ちが残っていたのだろう。

咳払《せきばら》いをひとつしてから深呼吸をする。

「なんでもなくてよ」

「またストロベリーか」

虎姫が大げさにため息をついた。

「勝手に決めないで」

八重は反論したが、二人はまったく信じないようだった。

「違うのか」

虎姫があらためて言う。

「半分はそうですけどね」

「残りの半分は？」

「下駄を新調しようと思っているの」

八重が言うと、雫がはしたなく声をあげて笑った。それから八重の肩をぽん、と叩《たた》く。

「なにが半分よ。頭の先からつま先まで全部ストロベリーじゃないの」

「下駄を買うだけよ」

さらに反論したが、多分無駄である。

「こんな真夏に下駄を新調するということは、浴衣も新調したのでしょう？」

「それはお母さまが勝手に新調したのです」

「それで？」

「洋一郎さんと神楽坂をぶらぶらしてこいとおっしゃって」

言いながら、これは駄目だと自分でも思う。どう聞いてもランデヴーとしか思えない。言っている八重でもそう思うのだ。二人が思わないわけがない。

「それで鼻緒はどうするのだ。天鵞絨《ビロード》でいくのか」

「そんな高いものは買いませんよ」

下駄の鼻緒は高いものは高い。下手《へた》をすれば八重の自転車よりも高い。ごく安くても品のいいものを選ぶつもりだった。

「木綿《もめん》でもいい模様が入ったものがあるでしょう。いまは赤い色なら絹《きぬ》よりも木綿のほうが発色がいいですから」

「桜の模様でも入れるのか」

「ええ。八重桜を入れた鼻緒を探すつもりですわ」

「あら。ずいぶんと激しいことをなさるのですね」

雫が少々顔を赤らめる。なにか妙なことを言ったのだろうか。虎姫を見ると、虎姫も顔を赤くしている。

「いいか。八重。八重の御母堂がどういう浴衣を用意したかは知らないが、素肌に浴衣なんだぞ。そこにお前の模様の鼻緒だ。わたくしを好きにしてください、という意味をこめた下駄を履いていくということをわかっているか？」

「わかってません」

八重は答えてから、頬《ほお》が熱くなるのを感じた。誘っている意味になるとは思わなかった。無難な無地の鼻緒にしようと思う。

「八重はストロベリーが好きだからな」

虎姫がからかうように言う。

「ただの料理人です」

そう言うと、八重は寮に向かう。

「さっさと料理を作ります」

寮の厨房《ちゆうぼう》に入った。

仕入れのほうは洋一郎がしておいてくれたから作るだけだ。鰹と冬瓜か、と考える。

夏の鰹は初鰹よりも脂《あぶら》がのっている。初鰹はすっきりとした味わいはあるが、濃厚な美味《おい》しさという意味では夏のほうが上だ。

そして冬瓜である。冬とは書くが旬《しゅん》は夏だ。そのまま保存して冬までもつから冬瓜だ。冬の貴重な野菜ではある。

しかし夏の冬瓜は格別だ。みずみずしい味わいはどんな味つけにもあう。皮剝《む》き器を使って薄く皮を剝いた。

冬瓜の皮は固いからしっかり剝かないといけない。しかしかすかに残しておかないと、料理ができあがったときに綺麗《きれい》な翡翠《ひすい》色が出ない。

せっかくの冬瓜なのだから色の綺麗さは活かしたい。

薄く切った冬瓜を鰹と同じくらいの大きさにする。鰹もあまり厚切りにはしない。それから葱《ねぎ》をみじん切りにする。

フライパンを中火で熱すると、オリイブオイルを入れて、それからバタを入れる。バタからふつふつと泡が出たら、鰹と冬瓜を一緒に入れる。

しゅわっという音がして、あっという間に火が通る。冬瓜が透き通ったのを見て、次に葱のみじん切りを入れた。

ざざっとかき回して醬油《しょうゆ》を入れる。それから少量の酢《す》とすりおろした生姜《しょうが》をひとつまみ入れてできあがりである。

そのうえで、全員に小皿に入れたマヨネソースを配った。

「鰹と冬瓜のソテーです」

「すごいな。一瞬でできるものだな」

虎姫が感心したように言う。

「これは手早くやらないと美味しくないのよ」

「では食べましょう」

雫が言う。

さっと全員に料理を配る。あらかじめパンは配ってある。

「温かいうちに食べてね」

言いながら自分も食べる。

鰹は刺身でも美味しいが、温めると身の味がぐっと強くなる。バタと醤油で炒《いた》めると口の中に鰹の味がはねまわる。

さらにマヨネソースをつけると、店では出せないが毎日でも食べたい味になる。

「これは美味しいですわね」

雫が唸《うな》る。

「けしからん美味《うま》さだ」

虎姫がさくさくと食べる。

「鰹には洋食という印象はありませんわね」

雫が言う。

たしかにそうだ。洋食というとまず肉である。西洋の人は魚よりも肉を好む。だから洋食というと普通に作ると肉料理になる。

魚というと揚げ物くらいだろうか。日本人はまだ肉になじんでいないから、洋食でも魚を考えてしまうのだ。

「それでいつ下駄を買いに行くんだ」

虎姫が言う。当然一緒に来るという表情だ。

「一緒に来るのよね」

「当然だろう。下駄は買わないがな」

虎姫は胸を張った。家柄的に自分で下駄を買うようなことはできない。だから人が買うのを眺めて楽しむのだろう。

「わたくしも行きますわ」

雫も当然のように言う。

「ではあとで行きます」

「どこで買うのだ？」

「人形町よ。甘酒横丁」

「ああ。それはちょうどいいな。なにか食べようじゃないか」

どうやら虎姫は人形町界隈《かいわい》には土地勘があるらしい。

「では授業が終わったら行きましょう」

八重は声をかけた。


その日の授業は早かった。下駄のせいではない。洋一郎というか、ランデヴーのせいである。

頭から振り払おうとしても気になってしまう。用事があって出かけるだけとはわかっているが、浴衣というのが気になる。

夏の着物と言えば単衣《ひとえ》である。これは下に襦袢《じゅばん》を着ているから安心感がある。それに対して浴衣は素肌の上に着るものだ。家ならともかく外出着としては厳しい。

雫たちと浴衣で出かけるのは気にならないが、洋一郎と二人というのがどうあっても頭から離れない。

これでは洋一郎を意識しているみたいだ。

などと考えているうちに授業が終わった。

門の前までつくと二人はもう待っていた。

「遅いぞ」

虎姫が待ちくたびれたような顔をした。

「ほとんど待ってないでしょう」

雫がたしなめる。

「一分は待った」

「たしかに待ちすぎね」

雫があっさりと八重を裏切った。

「待ちくたびれました」

きりりとした表情で八重を睨《にら》む。

「はいはい。行きましょう」

八重が言うと、二人は同時に笑いころげた。たわいないことでも笑えるのは友だちのいいところだ。逆の立場なら八重も笑うだろう。

椿山女子大から人形町までは、自転車で四十分ほどだ。近いとも言えるが、自転車で四十分はなかなか疲れる。

甘酒横丁についたころには汗だくになっていた。

「甘酒横丁というからには甘酒屋があるのでしょう」

雫が言った。

「もちろんある。しかしこの暑いのに甘酒か？」

虎姫が言った。

「では虎姫さんはどうなさりたいの？」

雫が言う。

「かき氷に決まってるだろう」

当たり前のように虎姫が言う。

「賛成」

八重が右手をあげた。

「問題はどこにするかだな」

虎姫が腕を組んだ。

「そんなに多いの？」

「甘酒横丁には四軒ある」

さすが夏だ、と八重は思う。七月から八月の終わりにかけて、東京にはとにかくかき氷屋が多くなる。

五歩に一軒はかき氷屋と言われるほど多い。普段やっている店の脇でかき氷をやるのである。

「なにか違いがあるの？」

「そうだな。氷の作り方が一番いいのは田中《たなか》という店だ。しかし、シロップを使っているのは鈴木《すずき》商店だ」

シロップか、と八重は思う。ここ数年、果物味のシロップというものが出現した。炭酸水で割るとソーダ水になる。

かき氷にかけて食べても素晴らしく美味しいのである。

「シロップですわね」

雫が迷いなく言った。

「わたくしも」

八重も後押しする。

「ではまず鈴木商店に行こう」

鈴木商店の前は行列ができていて、店主が忙しそうに氷を鉋《かんな》で削っていた。店の女将《おかみ》がシロップを氷にかけていた。

「雪とみぞれは一銭《せん》。シロップなら二銭だよ」

女将が叫んでいた。

雪は単純に砂糖。みぞれは砂糖水である。

シロップは苺《いちご》とあんずとレモンであった。

「ここは苺かな」

虎姫が言う。

「でもレモンも捨てがたいですわ」

八重が言う。

「むむ。たしかに」

どれにするか決められないまま順番が来た。

「苺だ」

虎姫が言う。

「苺をいただけますか」

雫も言った。あれほど迷ったのが嘘《うそ》のように二人とも苺を選ぶ。一瞬迷ったが八重も苺にした。

三人分で六銭払う。

店の前にある椅子《いす》に腰をかけた。

冷たい氷はさくさくというよりもふわふわしている。氷の味は鉋をかける腕に左右される。ここの店はなかなかの腕のようだった。

舌の上に氷をのせるとひやっとして、それからふわりと溶《と》ける。やや甘さのきつい苺のシロップがあとから舌に味を運んでくる。

「少々不自然な甘さがするな」

虎姫が楽しそうに言う。

「実に品のない味だ」

「それならおやめになればよろしいのに」

雫がくすくすと笑った。

「なにを言うか。品がないというのは貴重なのだ。毎日毎日上品に囲まれて押しつぶされそうなのだぞ。たまには下品も必要なのだ」

虎姫がすまして言った。たしかに虎姫の立場とすれば、道端でかき氷を食べる程度の下品は必要なのだろう。

「これはしかし品がなさすぎだろう」

そう言って虎姫は舌を出した。舌が真っ赤である。見事な苺シロップ色だ。

「はしたないですわね」

八重がすまして言う。

「みんな同じ色でしょう」

雫が笑いながら舌を出した。

「雫さんもはしたないですわよ」

言いながら八重も舌を出した。

「まったくみんな節度というものがないのかね」

虎姫が肩をすくめた。

自分のことは棚にあげた言い様につい八重も笑ってしまった。

「じゃあ下駄を買おうじゃないか」

そう言うと虎姫が立ち上がった。

「いいお店があるのね」

八重が言うと、虎姫は大きく頷《うなず》いた。

「まかせておけ」

虎姫が先に立って歩きだす。鈴木商店から五軒離れたところに一軒の履物屋があった。中松《なかまつ》履物という看板がかかっている。

「こんにちは。ごきげんよう」

虎姫がよそ行きの声を出した。普段の虎姫の声よりもほんの少しだけ高い声になる。

それだけでまるで人形のような雰囲気《ふんいき》になる。

普段の虎姫の声は温かみのある、人なつこい声だ。しかしかすかに音程をあげてしゃべると透明感のある高貴な雰囲気の声になる。

少し近寄りがたいが、まさにお姫様という雰囲気が出るのだ。

「これは姫様」

店主が出てくると、深々と頭を下げた。

「姫はおよしになって。それよりも彼女が下駄を探しているのです」

普段の男っぽい口調はすっかりなりをひそめて、まさに姫のようだった。

八重は少々気おくれしつつ頭を下げる。

「あまり高くないのが欲しいのですけれど。というよりも安いのをください」

虎姫や雫と同じ感覚で選ばれたらたまらない。

「浴衣に合う下駄が欲しいのです」

店主は八重を見ると、右手で顎《あご》をなでた。

「これはなかなか綺麗なお嬢さんだね。下駄は大和《やまと》下駄にしておくかい」

大和下駄というのは、鼻緒の上に覆いがついている下駄だ。しかしやはり鼻緒の可《か》愛《わい》さが見えたほうがいいような気がする。

「普通の日和下駄でいいです」

「わかった。鼻緒はどうする？　紅絹《もみ》を使うかい？」

「木綿でいいです。少し赤の色が綺麗なのを」

「ふーむ」

店主は八重を見ると、首を横に振った。

「お嬢さんがどんな浴衣を着るのかは知らないが、赤って感じじゃないな。黄色い鼻緒のほうが似合ってると思うよ」

「そうですか？」

「ああ。お嬢さんはすごく綺麗だからさ。赤だとあたっちゃうんだよ。黄色いほうが映えるね。それに夜履くんだろう？」

ごく当たり前の様子で店主が言う。

「はい」

「じゃあ、多分浴衣は白地に模様を入れてるだろうから、黄色いほうがいいよ」

「地の色は知らないのです」

「そうかい。誰かが用意したのかい。でも白さ。間違いない」

きっぱりと言われる。なんとなく説得力を感じて、黄色い鼻緒を買うことにした。買ってみると黄色い鼻緒も可愛らしい。

「よく似合ってますわ」

雫が顔をほころばせる。

「なんだか欲しくなってしまいますわね」

虎姫も言った。

「今度おねだりしてみます」

虎姫が言うと、店主が嬉しそうな顔をした。

「お待ちしています」

店を出ると、なんだかどきどきした。洋一郎と出かけるということが身近に感じられる。もうすぐの出来事なのだ。

「これを履いてランデヴーか」

虎姫が普段の口調に戻った。透明な声もいいが、八重には普段の声のほうが心地いい。

「よそ行きの声はもう店仕舞いですの」

雫がにっこりと微笑《ほほえ》む。

「お面が何枚もあって羨《うらや》ましいですわ」

「雫のほうがたくさん持ってるだろう」

虎姫が苦笑した。

「まっすぐなのは八重だけだ」

たしかに八重はそんなに何種類もの声はない。

「不器用ですからね」

八重が言うと、虎姫は首を横に振った。

「幸せというのだ」

「そうなの？」

「声を何種類も使い分けなければいけないというのは幸せではないぞ。家柄だの外聞だのを気にせずにのびのび生きるほうが幸せに決まっている」

たしかにそんな気がした。

「とりあえず今日は家に戻って浴衣とそれを合わせてみるのだな」

「そうするわ」

実際浴衣も着てみたかった。

家に戻って風呂《ふろ》に入る。浴衣を最初に着るのは風呂あがりが一番だ。海子が脱衣所に浴衣を置いておいてくれた。

白地に青で風鈴が描いてある。すっきりした感じのものだ。これならたしかに黄色い鼻緒とよく合うだろう。

一応海子に見せようと思って風呂場から出る。

「お嬢さん。出たんですか」

奥のほうから洋一郎の声がした。

「来ては駄目です」

思わず叫ぶ。

「どうしたんですか?」

「いいから来ては駄目です。それからお嬢さんも駄目です。どうして八重からお嬢さんに戻ったのですか」

最近の不満も口にする。

最近いつの間にか八重さんからお嬢さんに戻っている。もちろん従業員と勤め先の娘だからお嬢さんでも間違ってはいない。

八重に文句を言う筋合いはないのだが、もやもやする。

「あまりなれなれしいのは、ご迷惑かと思って」

「そうですね。迷惑です」

ぴしゃりと言うと、言葉を重ねた。

「とにかくどこかに行ってください。あとでそちらに伺いますから」

「わかりました」

洋一郎が去っていく気配を感じてほっとする。出かける日の前におろしたての浴衣を見せるなんて最悪だ。

こういうものは、当日になって初めて相手に見せるのがいい。最初からなにを着ているのかわかって出かけるなら去年の浴衣のほうがよほどましだ。

部屋に戻って単衣に着替える。紺色の単衣である。これなら浴衣との印象もかぶらないからちょうどいい。

階下に降りていくと、洋一郎は厨房で待っていた。

「試食して頂きたいものがあるのです」

「なんですの？」

洋一郎はなにも言わずに皿を出した。

「これをどうぞ」

豆腐《とうふ》の蒸《む》したものが皿の上に載っていた。

「お豆腐？」

「いいからどうぞ」

どうやら洋一郎の新作らしい。

なにもかかっていないところを見るとなにかしらで味がついているらしい。

「いただきます」

そう言って箸《はし》をつける。

豆腐の中に、餡《あん》がつまっていた。本来上からかける餡を中につめたらしい。なるほど、と思う。

豆腐に餡をかけるとたしかに美味しい。だが、餡の味が先にきて、そのあとで豆腐の味がくる。しかし、この料理は豆腐の味が先で、餡の味があとだ。豆の甘味が最初に舌にふれる。

ふるるん、という豆腐の感触が舌に心地よい。ほどよく温まっているから甘味も強かった。そのあとで塩味が追いかけてくる。これは豆腐によほど自信がないとできない料理だ。そして豆腐の下に隠れているのは蒲鉾《かまぼこ》のようだった。

「下に蒲鉾が隠れているのね。でも、普通の蒲鉾よりも少し柔らかい感じがする」

「それは蒲鉾じゃなくて、あんぺいです」

「あんぺい？」

「上方《かみがた》で主に作る料理なんですけどね。新鮮な魚で作るできたての蒲鉾って感じのものです。鰈《かれい》のいいのが入ったから作ってみたんです」

「美味しいわ」

豆腐とあんぺいの具合がちょうどいい。豆腐がうまくあんぺいを包み込んで優しい味わいになっている。

色合いの変化はあまりない。両方白いからだ。これは料理としては少々邪道である。もう少し彩りを工夫したほうが客受けする気がした。

「これはどうして白一色なのかしら」

「こうしたかったのです。これは店で出す料理ではありませんから」

「まかないにしては豪勢ではないですか？」

「お嬢さんに食べてもらいたかったんです」

洋一郎が照れたように言った。これは八重専用の料理ということだ。

「なんて料理なんですか？」

「おしどり豆腐です」

おしどり豆腐。つまりこれは八重と夫婦になりますよ、という料理ということだ。

しかしこれは反応が難しい。もし八重の勘違いだったら多分来世まで立ち直れない。

とりあえず聞かなかったことにする。

「美味しいですね。落ち着いていて。豆腐とあんぺいの仲もよくて」

「ありがとうございます」

「洋一郎さんは他人行儀ですけどね」

ちくりと言うと、洋一郎は困った顔になった。

「神楽坂では楽しみましょう」

そう言うと部屋に戻る。

そして考え込む。

さっきのあれは嫌味がきつかったような気がする。素直に美味しいですね、でよかったことだ。わざわざ「洋一郎さんはよそよそしい」などと言う必要はない。

自分の側に合わせろと言っているようなものだ。

どう考えてもいやな女である。

ため息をついたが時間は戻らない。自分の部屋で浴衣を合わせればよかった。無防備すぎた八重の失態である。

明日の朝それとなく気を使ってみよう、と思って布団《ふとん》に入る。といっても気の使い方がわからないな、と思っているうちに寝てしまった。

目がさめるともう朝だった。

とにかく着替えて、そっと階下をうかがう。今日は案外洋一郎が寝坊していて会わないでもすむかもしれない。

こっそりと下に降りると、すぐに洋一郎の声がした。

「おはようございます。八重さん」

呼び名が八重になっていた。

「おはようございます。洋一郎さん」

よく考えたら、八重が「洋一郎さん」なのに洋一郎が「お嬢さん」なのがおかしいのだ。お互い名前で呼べば何の問題もない。

「昨日のお豆腐はとても美味しかったわ」

八重はさりげなく言った。が、声が微妙に震えている。これは駄目だ。なんだか洋一郎を意識しているように思われる。

かといってあまりよそよそしいのも困る。

どういう態度をとっていいのかわからないので、いらいらする。そしてそんな自分に妙に腹が立ってしまうのだ。

結局。

まともに洋一郎の顔を見ることができないままに、神楽坂に行く日を迎えることになったのだった。


「いいですか。わたくしがいいと言うまで、絶対に目を開けては駄目ですよ」

八重はあらためて念を押した。

玄関先である。洋一郎は立ったまま目をつぶっていた。下駄を履いてちゃんとした恰好《かっこう》になってから目を開けて欲しかったのである。洋一郎の前で下駄を履く姿を見られたくない。

きちんと下駄を履くと、足元や浴衣を確認する。これならいいだろう。

「もういいですよ」

声をかけると、洋一郎は目を開けた。

「どう？」

「お綺麗です」

洋一郎が笑顔になった。お世辞でもなんでもほっとする。

「では行きましょう」

洋一郎が先に立って外に出た。玄関先に人力車が止まっている。二人乗りのものだ。車夫が三人揃《そろ》っていた。

「こんばんは」

車夫が挨拶する。

「電車だと待ちくたびれてしまいますからね」

洋一郎が右手を差し出してくる。

たしかに電車はものすごく混む。乗り切れなくて一時間待ち、ということも珍しいわけではない。だから人力車は現実的だった。

「自分で乗れますわ」

そう言うと先に乗った。いくら補助でも直接手をつなぐのは恥ずかしい。

席に座ると、洋一郎がとなりに乗り込んできた。人力車の座席ではよけようもない。体がぴったりとくっつく。

「ではいきますよ」

人力車が走り出した。

人力車は揺れる。どうやっても洋一郎に摑まっていないと体が安定しない。

「気にしないで摑まってください」

そうは言われても気にしないというわけにはいかない。どうあっても洋一郎に抱きつくしかないのだ。

あきらめて洋一郎の腕にしがみついた。

「案外硬いのね。まるで柱みたい」

思わず感想を言うと洋一郎が笑った。

「なんですか。それは」

「わたくしの腕とずいぶん違うということです。細いのに硬い」

「八重さんは華奢《きゃしゃ》ですからね」

「非力で困ってしまいます」

「でも綺麗な手だ」

洋一郎が八重の左手に触れた。上から手がかぶさる。

「本当に綺麗です」

囁《ささや》くように言われた。

いや。本当は囁いているのではなくて単なる小声だ。人力車の上にいるから声が小さくなっているだけだ。

だから日常会話にすぎない。

「風邪《かぜ》ですか？　平気ですか？」

洋一郎が声をかけてきた。

「顔が赤いって言いたいんですか？」

「はい」

いまはいやがらせをされているのだろうか、とふと思う。どう考えても洋一郎が手を握っているから赤くなっているのに、風邪はないだろう。からかっているのだろうか。

洋一郎のほうを睨むと、洋一郎は八重とは反対の方を向いていた。見つめられていると思っていたから意外だ。

目元が赤い。まるで風邪を引いているようだ。

なんだ、と八重は思う。自分だって手を握って照れているのではないか。自分だけが照れているのではなくて少し安心する。

人力車が神楽坂の下に止まった。洋一郎の手を借りて降りるのも今度は平気だ。

「ありがとうございます」

礼を言った。しかし手が触れるのはここまでだ。夫でもない男性と手をつないで歩くことはできない。

「八重さん」

洋一郎が左手を差し出してきた。手にはハンカチが握られている。ハンカチごしに手をつなぐなら大丈夫ということらしい。

たしかにこれなら大丈夫だろう。右手をのばしてハンカチを摑んだ。握った拳《こぶし》の端が少しだけあたる。

今日は「鈴川」の仕事なのだ。なにもない。木や石に手が触れているのと同じだ。問題はこの石には体温があることだろう。

「とりあえず坂を登りましょう」

神楽坂の夏の夜は屋台が数多く出ている。坂の途中にある神社が縁日のときに屋台を出すというのをはじめたところ、あっという間に広まったらしい。

焼き物から冷たいものまでさまざまだ。

「かき氷がありますね」

洋一郎が言った。

「食べませんか?」

「いいですね」

八重も頷く。夜とはいえ少々蒸し暑いし、なんだか体が熱いからかき氷はありがたい。

「シロップはどうしますか?」

苺、と言いそうになってひっこめる。あんなに真っ赤になった舌をもし見られたら後悔しそうだ。

「みぞれにします」

「わかりました。俺はレモンで」

洋一郎はレモンを食べることにしたようだ。

八重はみぞれを受け取った。

苺のシロップとちがってみぞれの味は優しい。単純に甘い氷である。しかし、ふわふわした氷は冷たさそのものに味があるようなものだ。舌の上で甘さがさらりと溶けていくのは気持ちがいい。

洋一郎がざくざくと食べ終わると、舌を出した。黄色というよりも紫色になった舌が現れる。

「なにそれ。毒でも飲んだみたいな色ですよ」

八重が思わず笑った。

「八重さんだってそうでしょう」

「残念ですね。わたくしはみぞれですから」

つい舌を出した。洋一郎がのぞきこむのを見てあわてて引っこめる。雫たちといる調子でつい舌を出してしまった。

「はしたないですね。すいません」

いくらなんでもやりすぎだ。

思わず顔が赤くなった。

「俺もやったんだからおあいこでしょう」

そう言って洋一郎が笑った。

「では、ぶらぶらしましょう」

神楽坂にはさまざまな屋台が並んでいる。食べ物もあるが、案外玩具《おもちゃ》が多い。男の子たちがむらがっている屋台もある。

「ベーゴマですよ。なつかしい」

洋一郎が男の子のような眼をした。

「わたくしにはなつかしくないです」

思わず笑ってしまう。

「そうでしたね。たしかにベーゴマはないですよね」

洋一郎は少し困った顔になった。それから顔を輝かせて少し先を指さした。

「金魚すくいはどうですか」

「少し怖いから見ています」

金魚すくいは、水槽の金魚を小さな玉網ですくっていく遊びだ。三分で何匹すくえるかで景品が出る。

景品のほうは水飴《みずあめ》だったり飴玉だったりする。

「魚をさばくのは平気なのに金魚は怖いんですか?」

洋一郎がからかうように言った。

「それは全然別物です。今日の洋一郎さんはいじわるですね」

「すいません」

まったくすまなそうではなく洋一郎が謝る。

それにしても、いったいここからなにを摑めというのだろう。夜の神楽坂は確かに賑《にぎ》やかで華やかだが、料理の参考にはなりそうもない。

しかし単なるランデヴーで終わらせるのも負けたみたいである。

「なにか変わった食べ物はないのですか?」

　思わず訊いた。

「八重さんに珍しいとなると、すじコンでしょうか」

「それはなんですか?」

「牛のすじ肉をコンニャクと一緒に煮たものです。上方の食べ物なんですが、最近は東京にも出てきてますね」

「食べてみたい」

「ではこちらに」

　洋一郎が差し出してきたハンカチをしっかりと握る。神楽坂の坂はけっこう急だから、下駄だとすべってしまいそうだ。

　案外力があるのだなとあらためて思う。八重をひっぱりあげながら汗ひとつかかない。

　店につくと、洋一郎が一皿注文した。

　出てきたのは、牛のすじ肉とコンニャクを醤油とみりんで煮たものだった。芥子《からし》が添えてある。

　牛肉とみりんの相性はいい。コンニャクとも。すじ肉はとろとろになっている。コンニャクの歯ごたえと一緒になって口の中で躍《おど》った。

とろりとしたすじ肉とコンニャクの組み合わせはなかなかいい感じだ。ひとつだけだとここまでの旨味は出ない。

二人で補いあっているようなものである。

こういう関係はいいな、と思った。

ふっ、とおしどり豆腐のことを思い出した。あれは地味な料理だが、洋食風にして飾り付ければ披露宴で出せるようなものになるのではないだろうか。

今回の神楽坂は、「二人で手を取り合うような」料理ということなのだろう。どんないい食材でも、ひとりよがりになっては駄目だ。

「美味しいですね」

洋一郎に言うと、洋一郎は一瞬口ごもった。が、ゆっくりと口を開く。

「八重さんと食べてるから」

そのあとのことはよく憶《おぼ》えていない。

いつの間にか家に帰っていて、いつの間にか寝ていた。

起きたときには朝だった。

「なにがあったのかしら」

すじ肉を食べたところまでしか憶えがない。耳元でなにか洋一郎の声が聞こえたような気持ちがするが夢かもしれない。

　着替えて下に降りると海子が待っていた。

「ちょっとご夫婦のお客様のために献立《こんだて》を考えて欲しいんだよ」

「はい」

「二人での思い出にちょうどいいもの、だね」

「それで神楽坂だったのですね」

　八重が言うと、海子はにやりとする。

「いい思い出ができたかい？」

「いつの間にか家に帰って寝ていたので、よくわかりません」

「なんだい。それは」

　海子は不思議そうな表情をしてから、納得の表情になった。

「途中で記憶が飛んだんだね。それはいい思い出だ」

「からかわないでください」

　八重はそう言ってから、しかしどうして自分なのだろう、と思う。

「どうしてわたくしが料理を？」

「実際作るのは洋一郎でもいいんだけどさ。ひとつこうハイカラなのを頼むよ。あたしらじゃ、どうしても江戸をひっぱっちまうからね」

「お肉がいいですか？」

「魚でもなんでもいいよ」

「お客様の年齢は？」

「それが爺《じい》さんと婆《ばあ》さんなのさ。最近の年寄りは妙にハイカラ好きでね。漬物食べればいいってわけにはいかないのさ」

海子が声をあげて笑う。

「仲のいいご夫婦なんですね」

「そうだね。そうじゃなければ夫婦で食べには来ないだろうよ」

きっと仲良く手をつないで過ごしてきたのだろう。

気持ちのいい料理にしたい、と思った。

「洋一郎さんと相談します」

「頼むよ」

そう言うと海子は去った。そのあとで洋一郎がやってくる。

「昨日はお疲れ様でした」

「わたくしなにか失礼をしませんでしたか？」

八重が訊くと、洋一郎は目を丸くした。

「なんですか？　失礼って」

「なんだか最後のほうの記憶があいまいで。すいません」

隠してもしかたがないから答える。

「ああ」

洋一郎がなんだか理解したような声を出してから赤くなった。

なにかやった、ということはわかる。

「なにかあったのですね」

八重が言うと、洋一郎はあわてたように両手を振った。

「なにもないですよ。ただ」

「ただ？」

「ハンカチ抜きで手をつないで歩いただけです」

どうやらその衝撃で記憶が飛んだらしい。そしてそれはどういう状況だったのか。

どちらから手をつないだのか。

怖くてとても訊けるものではない。

「学校に行ってきます」

そう言うと、八重は逃げるように家を出た。


「結婚だな」

虎姫が当然のように言った。

「でなければ手討《てう》ちだ。うちならばっさりと刀で斬《き》る」

「大げさねえ。虎姫は」

雫が楽しそうにころころと笑った。

「結婚ね」

きっぱりと言う。

「手をつないだだけじゃない」

八重が弱々しく反論した。

「結婚する気もない殿方と手をつないで歩いたなんて言ったら、即見合い。結婚するまで一歩も外になんて出られないわよ」

雫が強く言った。

「わかっていて手をつないだのでしょう?」

「憶えてないから」

「気持ちは初夜だったということだな」

虎姫が笑いながら言う。

「そんなことはないわ」

八重が言うのを、虎姫が真顔で見返した。それから両肩を摑む。

「相手がどうかはともかく、八重がストロベリーを受け入れているかどうかが大切なのだ。自分の気持ちだけはしっかりと持つべきだろう」

そう言われてはどうにもならない。

たしかに八重としては洋一郎が好きになっている。しかし、はっきりとさせてしまうのはまだ怖かった。

「まだ中途半端でいきます」

二人に宣言した。

「そんなこと言ってると、取られちゃうわよ」

雫がため息をついた。

「洋一郎さんは取られないと思います」

八重が言う。いまの状況からして他に恋人ができることもないだろう。

「自信家ねえ」

雫がふふっと笑うと、八重の頭に右手を置いた。

「よしよし、と言っておくわ」

「とにかくいまはまだぬるま湯でいたいのよ」

そう言うと、八重はあらためてため息をついたのだった。


そして。


「こんな感じで行きたいのだけど」

鈴川の厨房で、八重は洋一郎と話をしていた。

「この間のおしどり豆腐はとても美味しかったです。それにもう少し二人の思い出を足したいのです」

「思い出とはどういうものですか？」

「思い出というのは色とりどりの風鈴のようなものだと思うのです。だから、料理にも風鈴のようなものを足したい」

「風鈴ですか」

「野菜や果物を寒天で固めて、風鈴のように丸い形で散らしたいの」

料理の味との調和がどうかはわからない。が、見た目で綺麗にしたかった。いままでの人生が目に映るような料理がいい。

「だめ……でしょうか」

「いいえ。いいと思います。赤や緑となると、どうでしょう。ハイカラならトマトはいいですね。それからアメリカネリもいい」

アメリカネリは最近入ってきた野菜だ。ネバネバして精がつきそうだというので人気が出てきている。しかし名前が長いので最近はオクラという名前がつけられた。

といっても、料理屋ではきちんとアメリカネリと呼ぶのが普通である。

「わかりました。きっとうまくいきますよ」

それから洋一郎はあらためて笑顔を見せた。

「二人で考えた料理ですからね」


ふう、と八重はため息をついた。

料理の結果は知らない。多分うまくいったのだろう。なにも言われてないから。それにしても今回の料理は恥ずかしい。

そもそも洋一郎と手をつないで記憶が消えました、というのがいけない。まだ中途半端でいると決めているのだから、きちんと中途半端をつらぬかないといけないに決まっている。

布団でごろごろと洋一郎のことを考えているなどというのは駄目だ。そう思いつつ布団の中で寝がえりをうった。

「入るよ」

不意に海子が入ってきた。

「はい」

あわてて布団から起き上がる。

「今日はお疲れさん。料理の評判よかったよ」

「ありがとうございます」

「これは礼さ。食べておくれ」

それだけ言うと、海子が出ていった。あとには料理が残った。

すっきりとした青い切子細工の器に、赤い玉や蜜柑《みかん》色の玉が盛り付けてあるのは綺麗だった。

これはトマトなのだろうか。

指でつまんで口の中にいれる。

トマトの果汁に砂糖をまぜて寒天で固めたもののようだった。蜜柑色の玉は、多分季節はずれの蜜柑で、やはり砂糖で味がつけてある。

「美味しい」

八重は思わず口にした。作ったのは洋一郎だろう。遅い時間に男が部屋に入るわけにはいかないから、海子が届けにきたに違いない。

自分で考えておいて言うのもなんだが、と八重は思う。

その料理は夏の風鈴の味がした。

恋と言うにはもったいない

雨の匂《にお》いがした。といっても降っているわけではない。秋に雨の匂いがするときはとにかく困る。

空気が湿気《しけ》ているから、温度のわりには寒くない。かといって薄着では寒い。それ以上に、ちぐはぐな服を着ていてみっともない。と、洋一郎に思われるかと思うと気分が悪い。

なにも言われたわけではないのに、「みっともないですね」と言われたような気分になって、朝から意味もなく洋一郎が嫌いになっている。

結局、淡黄色のぜんまい紬《つむぎ》を選ぶ。季節はずれの八重桜の模様がいれてあった。八重のために仕立ててもらったものだから、大切にしている。

ぜんまい紬は秋から冬に切り替わるときに着ることが多い。しかし、春の肌寒いときから初夏に変わる直前にも多少は着る。

目の前にあるのは春用のものだった。しかし気に入ってもいるし、今日なら悪くもないだろう。

それに今日は雫と虎姫が相手だから多少は気楽だ。

雫と虎姫が「鈴川」に昼食の約束をいれていた。

だから料理も八重が作る。

手伝いは洋一郎だから、どうしても洋一郎に見られながら料理を作ることになるのである。どうせ二人にからかわれるのだから、服はきちんとしたかった。

下に降りると、出汁《だし》の香りが濃く匂った。

「おはようございます」

挨拶《あいさつ》をする。

「おはようございます」

洋一郎の声が返ってきた。最近は少しだが、ぶっきらぼうではない気がする。

「朝食は作ってありますよ」

「ありがとう」

昼食を作るときは、いつなにを食べるかはかなり重要だ。空腹でも満腹でも料理の味に影響が出る。

だから朝食はしっかりと。しかしもたれないもの。味も強過ぎないもの。そして質素であることだ。

料理人だからといって贅沢《ぜいたく》なものを食べることはまずない。

「今日は少し御馳走《ごちそう》にしましょう」

そう言いながら、洋一郎が朝食を出してきた。ご飯のおこげである。香りからすると胡麻油《ごまあぶら》で揚げてあるようだった。

「いい胡麻油を仕入れたんです」

洋一郎が楽しそうに言った。

胡麻油は質によって全然味が違う。いい胡麻油はそれだけで御馳走なのである。

「それにこれです」

洋一郎が小瓶に入った醤油《しょうゆ》を出した。

蓋を開けるといい香りがした。

「届いたばかりなのね」

「そうです」

醤油は長持ちする調味料だが、本当に美味《おい》しい時間が長いわけではない。すぐに酸化して匂いが変わる。それを防ぐためにみりんを入れて、「かえし」にする。

それはそれとして、新鮮な醤油の香りはなんともいえない、いい香りなのである。作ってすぐに樽《たる》につめて運ばれてきた醤油の香りは、料理屋でなければなかなか嗅ぐことができない。

いい醤油といい胡麻油はたしかにそれだけで御馳走なのだ。

熱々のおこげに醤油をさっとかけると、しゅうっという音とともに胡麻と醤油の香りが立ち上った。

それから口の中に入れる。米のさくっとした感触とともに、口の中に甘味が広がる。おこげを揚げた油の甘味だ。

そこに新鮮な醤油の味が加わっていると、おかずなどなにもいらない。

油と米と醤油。舌の上で躍《おど》るような味だった。

「美味しい」

食べ終わってからやっと声が出た。

「でしょう。がんばったんですよ」

「なにを?」

「八重さんの機嫌を直す料理」

「どうして？」

八重は思わず訊《き》き返した。たしかに不機嫌だったが、洋一郎にそんなことを言ってはいない。態度にも出していないはずだ。

「八重さんは不機嫌だと階段を降りる足音が少し変わるんですよ。普段はととん、という感じなのが、どどんという音になるんです」

思わず顔が赤くなる。それはなかなか恥ずかしい。

「どうして機嫌が悪かったんですか？　相談にならのれません」

八重はきっぱり言った。想像の中の洋一郎に悪口を言われて不機嫌でした、などとは来世になっても言えるものではない。

「空気が湿ってるから機嫌が悪かっただけです」

そう言うと横を向いた。

「でも機嫌が直ったようで、よかったです」

「そんなこともわかるのですか？　どこでですか？」

それもつい訊いてしまう。

「眉毛《まゆげ》の形が少し変わるから」

言われて思わず眉をおさえた。いったいどのように変わっているのだろう。それよりも、それがわかるほど長く見つめられていたのか。

恥ずかしくて顔が赤くなる。

「それは口にしてはいけません」

声に不機嫌が混ざった。

「すいません」

洋一郎がぶしつけに気がついたようだった。

「謝らなくてもいいです」

謝られてもどうにもならない。見られていたということが消えるわけではないからだ。米と胡麻油と醤油で機嫌が直るなど、安い女もあったものだと思う。

「ではこれも」

洋一郎がもう一品出してきた。

「これは今日の昼食会で使おうと思ってます」

それは葛桜のようなものだった。半透明の饅頭《まんじゅう》で、橙《だいだい》色をしている。

「これはなに？」

「柿饅頭《かき》とでも呼べばいいんでしょうか。名前はないです」

「どうやって作ったの？」

「熟した柿をよくすり鉢ですって、こした汁を葛で固めたんですよ。柿だけだと香りが寂しいので柚子《ゆず》を少し入れてあります」

「食べてみてもいい？」

「もちろんです。試食してください」

渡された柿饅頭には箸《はし》が添えてあった。箸で半分に割ると、ふるふるとした感触が手に伝わってくる。

さらに半分に割ってから口に入れた。

柚子のかすかな香りとともに柿の甘味が伝わってくる。砂糖は使っていない。柿の甘さだけだが、もう少し別の香りと味がある。

なにかが柿の甘さを引き立てているようだ。

「醤油を入れたの？」

「御名答です。さすがですね」

「柿に醤油なんて考えなかったわ」

といっても醤油の香りはほぼない。柚子の香りに隠れてしまって感じないようになっていた。毎日醤油に接していないとわからないだろう。

「いままで作ったことはないんです。ちょっとした悪戯《いたずら》ですね」

「どうして思いついたの？」

「手が滑って醤油を柿にこぼしたんです。そしたら案外いけるかもしれないと思いまして。ただし新鮮な醤油じゃないとまずいですよ」

「でもこれは量の加減が難しそうね」

八重では作れそうにない。洋一郎の感覚があってのお菓子だろう。しかしこれは雫も虎姫も喜びそうだ。

すっかり機嫌を取り戻している自分を感じて、再び安い女だと思う。もう少し不機嫌を続けたほうがいいのかもしれないが、昼食の仕込みの時間が減ってしまう。

ここらで手を打つことにしよう。

「昼食の献立《こんだて》なのですけど」

ごくごく平静な様子で洋一郎に声をかけた。

「はい。なかなかいい献立ですね。これならうちの店の料理といって、どこからも文句が出ないと思います」

「嬉《うれ》しい」

洋一郎は料理に関してお世辞は言わない。誰が作ったものであっても疑問があれば口にする。だから洋一郎に誉められるのは嬉しかった。

八重が主菜に考えたのは南瓜《カボチャ》の洋風蒸しである。南瓜の中に鶏のクリームスープを丸ごと閉じ込めてしまうものだ。

南瓜を切って一緒にいただくのである。

今日は前菜から洋風にしようと決めていた。

「八重さんもお友達と食べるといいですよ」

洋一郎が言う。

「でも料理をしないと」

「献立はいただきました。せっかくですからお客をやってください」

どうやら洋一郎が代わりに作ってくれるようだ。

「八重さんを不機嫌にさせたお詫《わ》びです」

そう言われると、なんだか洋一郎の顔をたてたような気分がして気分がいい。両親も怒りはしないだろう。

「甘えさせていただくわ」

「おまかせください」

昼食会は鈴川の奥にある座敷だ。他の客には見えないところにある。今日は雨模様だから庭が使えないのが少し残念である。

しばらくすると、表でひとの気配がした。

「ごきげんよう」

最初に入ってきたのは雫だった。

「ごきげんよう」

八重も返す。

「一応雨が降っていないのが僥倖《ぎょうこう》ね。でもなにを着るのか本当に困ってしまうわ」

雫は、橙色の地にコスモスをあしらったものを着ていた。袴《はかま》は苔《こけ》色である。そのうえに白のショールをかけてきた。

黒いレースの半襟をつけて、いかにもお嬢様風である。

靴も編み上げの踵《かかと》のあるものだった。

「ごきげんよう」

雫が靴を脱いであがりこんだあたりで虎姫も来た。虎姫は黒い紬に、新橋色の男ものの羽織《はおり》を着て、芸者風の装いである。

履物は駒下駄《こまげた》に紅絹《もみ》の鼻緒であった。

「まるで芸者さんみたいね」

思わず見つめてしまう。

「少し蓮《はす》っ葉《ぱ》な恰好《かっこう》ででかけたかったのだ。八重の店だしいいだろう」

「表で見られたりはしないの」

「人力車で来たからな。覆いがあるから大丈夫だろう」

そう言うと虎姫は艶《あで》やかに笑った。虎姫は琴も三味線もできるし、本当に芸者になったらさぞ人気が出るだろう。

「それよりもさっさとやろう。腹が減った」

虎姫は大声ではしたなく声を張り上げた。こういうときの虎姫はかなり機嫌がいい。なにかいいことがあったのだろう。

雫と虎姫が奥。八重は手前に座った。鈴川は格式のものめごとをさけるために部屋には「四方同席」という紙が貼ってある。上座も下座もないという印だ。

全員が座ると洋一郎がお茶を持ってきた。緑茶ではなくて紅茶である。

「紅茶なのね」

雫が嬉しそうに言う。

「洋食ですからね」

八重もすまして言った。

「いい香りだな」

虎姫も嬉しそうだ。

しばらくして、洋一郎がスープを運んできた。皿ではなくてティーカップに入っている。

「こういう器も悪くないな。舶来のものか？」

「いいえ。これは国産です。名古屋で洋食器を作っているところがあるのです」

まだ全然国内に普及していないが、そろそろ日本にも洋食器が必要だということで、最近国内でも作る会社ができたらしい。

スープは、生姜《しょうが》と山芋《やまいも》をすりおろしたもので、出汁は鶏の骨である。生姜の香りがしっかりと全体を引き締めている。ただ、生姜は風味もきついので、山芋でふんわりとさせていた。

「美味しいわね。体も温まるし。優しい味がする」

雫は気に入ってくれたようだ。

次の品がきた。

「野菜か。いいな」

「冬瓜《とうがん》と大根のソテーよ」

冬瓜と大根を同じくらい薄く切って、バタと胡麻油でソテーする。そして最後にさらっと醤油をかけてできあがりだ。

そして洋風に胡椒《こしょう》を振ってある。

バタと醤油の相性は抜群だ。ただ材料によって、ふわっとかけるのか、さらっとかけるのか、というような違いがある。

今日は仕上げに胡麻油をたらしてあった。だから胡麻の香りで普段よりもずっといい感じに仕上がっている。

「これは旨《うま》いなあ。今度は殿と食べに来たい」

虎姫が嬉しそうに言った。

「殿?」

雫が聞きとがめた。

「あ。いや。幼馴染《おさななじみ》とだな」

虎姫があわてて言い換える。が、顔がすっかり赤くなっていた。

殿、というのは夫のことだ。八重のような庶民ではなくて、武家出身の華族なら夫は「殿」で、妻は「奥」だ。

つまり相手を殿と呼ぶ状態になったということだ。

「殿ねえ」

八重も言う。

虎姫は顔を真っ赤にして下を向いた。

「妻になると思う」

「おめでとう」

八重が言った。

「おめでとう」

雫も言う。

「それなら乾杯しないとだわ」

八重は立ち上がると洋一郎のところに行った。

「なにか乾杯できるものはあるかしら」

「どうしたんですか?」

「虎姫が婚約したみたいなの」

八重が言うと、洋一郎が大きく頷《うなず》いた。

「わかりました。まかせてください」

八重が戻ると、虎姫がますます赤くなっていた。

「どうしたの？」

「こいつもう口づけしたんだって」

雫がはしたない口調で、虎姫の頰《ほお》を人差し指でぐりぐりとこねていた。

「すごい。先進的ね」

八重も身を乗り出す。

「口づけって梅の味なんでしょう」

つい訊いてしまう。そういう噂《うわさ》を聞いたことがあったからだ。

「はっか飴《あめ》の味だった」

消え入りそうな声で虎姫が言う。

「はっか飴？　それはなかなか興味深いわね」

雫が虎姫の額をつついた。

「はっか飴の味って、そうは出てこないわよね。どういうこと？」

八重も突っこんだ。具体的な出来事がなければ出ない言葉だろう。

「それを語らせる気か？」

虎姫が涙ぐんだ。

「親友じゃない」

八重と雫が声をあわせた。

「え。いや。それとこれとは」

虎姫が反論する。

「親友じゃないの？」

やはり雫と呼吸が合った。

「サイダーです」

洋一郎が飲みものを持って入ってきた。

「おめでたいサイダーを持ってきました」

氷の入ったサイダーの中に白菊が浮いている。真実とか誠実といったことを意味するから、たしかにちょうどいい。

「ありがとう」

八重は二人にサイダーを渡した。

「これで乾杯しましょう」

それから虎姫に向かってグラスをかかげる。

「おめでとう」

「ありがとう」

虎姫が照れくさそうに、そして嬉しそうにサイダーを飲んだ。

「飲んだら話してね」

雫が絶対に逃がさない、という様子を見せた。

暑い時のサイダーは美味しい。箸やすめにもちょうどよかった。

「それではっか飴味というのはなんなの？」

八重が虎姫を正面から見た。虎姫は少し下を向いた。

「はっか飴が好きなのだ。それで気持ちを落ちつけようとして口にいれたのだ」

「それから？」

雫が拳《こぶし》を握りしめる。

「美味しいですか、と言うから美味しいです、と答えたら」

虎姫が顔をさらに赤くする。

「とられた」

「口の中の飴を？」

「そうだ」

「ふ。ふうううううん」

思わず声が出る。

それは恥ずかしい。普通の口づけよりもさらに高度な技である。もし自分がやられたら魂がしばらく戻らないだろう。

「見つめるのはやめろ」

虎姫が唇を噛《か》んだ。

「いや。無理でしょ。見るでしょ」

八重は答える。見ないというのはどう考えてもありえない。顔を赤く染めた虎姫はいかにも乙女である。芸者風の颯爽《さっそう》とした姿とはまったく違う雰囲気《ふんいき》だ。

「やめて……ください」

虎姫が言った瞬間、雫が虎姫に抱きついた。

「可愛《かわい》いね。可愛いよ」

そう言うと楽しそうに笑う。

つられて八重も笑った。

二人に笑われて、虎姫は少し落ち着いたようだった。

「まあ。とにかくそういうことだ」

まだ赤いが、少し普通の表情に戻った。

いい具合に洋一郎が入ってきた。

「では魚です」

そう言うと、三人の前に皿を置く。

「これはわたくしの料理ではないですよ」

八重が考えていない魚料理だ。

「これは俺からの特別品です」

そう言うと、洋一郎は皿を並べて去って行った。

「これは八重の料理ではないの?」

雫が訊いてきた。

「ストロベリーの料理ということだな」

虎姫が気を取り直したように言う。

皿の上に載っているのは竹輪《ちくわ》だった。それを油で揚げてあるようだ。言ってしまえば竹輪の天ぷらであった。

確かに美味しそうだが洋食ではない。

とりあえず一口食べてみた。

「美味しい」

八重が思ったことを、二人が同時に言う。

竹輪の中には潰《つぶ》した馬鈴薯《ばれいしょ》が入っていた。バタで味つけをしてある。これはたしかに洋食だ。竹輪は上品な味がする。カレイかなにかで作ったものだろう。

和洋折衷《せっちゅう》というのがぴったりの料理だった。

「これは謎《なぞ》かけだな」

虎姫が言った。

「どんな?」

「穴のあいた竹輪に馬鈴薯だからな。破《わ》れ鍋《なべ》に綴《と》じ蓋といったところだろう」

それから虎姫は美味しそうに竹輪をかじった。

「きっとわたくしたち三人のことね」

雫が言う。

「そうなの?」

「八重とストロベリーさんのことではないと思うわよ」

雫が当然のように言った。たしかにそれはそうだろう。お互いに足りないところを補ってもっと美味しくなる、という謎かけのような気がした。

もちろん単純に美味しいから作ったということも考えられるが、ここは謎をかけられたということにしておこう。

「次はわたくしの料理よ」

食べおわったころに次が来た。洋一郎がどどん、と皿を置く。皿の上には丸ごとの南瓜が載っていた。

「これを切り分けていただくの」

「面白いな」

虎姫が目を輝かせる。

「わたしがやってもいいか」

「どうぞ」

虎姫はナイフを持つと、南瓜をうまく三等分にした。ふわっとクリームの香りが立ち上った。

南瓜の中は鶏肉のクリーム煮である。鶏肉と車海老《くるまえび》、そしてしめじが入っている。南瓜を切るとそれらの香りが全部一緒にあふれ出た。

「これはなかなかそそる香りだな」

虎姫が大きく空気を吸い込んだ。

「それは、はしたないですわよ」

雫が笑い出しそうな表情で言った。

「いいから食べよう。これは熱いうちのほうが旨いだろう」

南瓜の熱いのは、熱いだけで美味しい。というか、南瓜の美味しさは時間が経《た》つごとに変わっていく。

熱々のときは、軽く甘いという感じだ。そして温度が下がっていくごとにだんだんと甘味が強くなっていく。

反対に鶏肉は温度が下がると塩味が強くなるから、一番美味しい瞬間は「少しだけ温度が下がった」ときなのである。

熱々を一口、はふはふと行儀悪く食べた、次の一口あたりが美味しい。

八重としては「料理は二口目」だと思っていた。

二口目は一口目よりは南瓜がやや甘い。そして鶏の味とクリームの味が強く出ていた。それを南瓜の甘味が包み込んでいる。

豊潤としかいいようのない味だ。これは料理人の腕がいいのだろう。

「これがストロベリーの本気の味か」

虎姫が大きく息をつくと、にやりと笑った。

「八重の口づけは南瓜の味がするのかな」

「わかりません。はっか飴味ではないと思います」

言いながら、洋一郎とすることになるのだろうか、と思う。いまは考えるだけで頭がはじけてしまうのでわきにおいている。

「したら教えてね。絶対よ」

雫が期待をこめて言う。

「言わせるのは、はしたないでしょう」

八重が言うと、虎姫が憤然とした様子を見せた。

「わたしは口を割らされたぞ」

「好きで割ったのではなくて？　言いたかったんでしょう」

雫がくすくすと笑う。

「好きで言ったわけではないぞ」

虎姫の顔は茹《ゆ》でたようになっている。図星だからだろう。気持ちはわかる。胸にしまっておくのはもったいない。しかし自分からは話せない。つまり「誰かに口を割らされた」ということが必要なのである。

だから八重でも雫でも「無理やり言わされ」ないと、胸にもやもやがたまってしまうというところだろう。

「次の料理はまだなのか」

虎姫が南瓜をたいらげるとごまかすように言った。

「もう来るでしょう」

主菜が終わったから次はご飯である。もう来るころだろう。

「お待たせしました」

洋一郎がご飯を持ってきた。

「洋風ご飯です」

洋一郎の持ってきた茶碗《ちゃわん》のご飯には、刻んだトマトがたっぷりと載っていた。そしてそのうえから、胡麻油をかけて最後に醤油をかけている。

本来なら酢もかけるのだが、トマトの酸味を考えて胡麻油と醤油だけにしてあった。

今日の油と醤油がよかったからこうしたのである。

「このまま食べるのか？」

虎姫が訊いてきた。

「ええ。どうぞ」

「しかしトマトか。このまま生で食べるのか」

虎姫が少しためらう。

トマトは青臭い匂いが強い。火を通すならまだしも生で食べるという意味では人気はなかった。

虎姫が箸をつけた。

「八重を信じて食べる」

それから口にいれた。

「うまいな。驚いた」

雫も箸をつける。

「美味しいわね」

こちらも驚いたようだった。

八重も箸をつける。トマトと胡麻油の相性はいい。しかし、青臭さはなかなか消すことができないはずだ。八重も思いついたものの不安はあった。

しかしこのトマトは不思議と胡麻油と醤油のいい香りに青臭さが消されている。どういうことだろう、と口にいれると、口の中でトマトがはらりと崩れた。

見えないほど細かい包丁が入っているらしい。骨切りという手法をトマトに使ったようだった。

細かく切ったから青臭さが消えるのかは八重にはわからないが、とにかくトマトご飯は美味しかった。

トマトの酸味がうまくご飯にまざっている。

わきに添えられた汁ものにも口をつける。鶏で出汁をとった吸い物だ。中に細かく切った胡麻豆腐《ごまどうふ》が入っている。

胡麻豆腐の甘さが、鶏の吸い物にはちょうどいい。トマトご飯の味とあわせるといい具合な組み合わせだった。

「今回の料理はなんというか、夫唱婦随という感じだな。このトマトのご飯だけでは美味しいといっても酸味が強いのが、胡麻豆腐の甘味でいい具合になる」

「そうね。わたくしもそう思うわ。基本はわたくしが考えたものだけれども、洋一郎さんがさらによくしてくれた感じがする」

もちろん洋一郎はちゃんとした料理人だから、八重が考えるよりもよほどうまく料理ができるのが当然だ。

それでも目の前で友達が洋一郎の作った料理に感心するのは誇らしい。

食べ終わったころに水菓子が出た。柿を葛で固めた柿饅頭である。フォークが添えてあった。

「これは綺麗《きれい》だな」

虎姫が楽しそうに言う。

「ふるふるしてるわね」

雫が軽くフォークでつついた。

「これはなんと言うのだ？」

「柿饅頭かしらね」

「なんだ。情緒のない名前だな」

虎姫があきれたように言った。

「もう少し綺麗な名前がよろしいのではないかしら」

雫も言う。

「では名前は虎姫にしましょう」

八重は思わず言った。

「なぜわたしなのだ」

「虎姫の顔みたいに赤いから」

八重が言うと、雫がくすりと笑った。

「賛成」

「おいおい。勝手に決めるなよ」

「そうかしら。わたくしは素敵だと思います」

雫が言う。

「どう素敵なのだ」

「だって。自分の恋がお菓子という形になって残るのよ。これ以上素敵なことってないと思う」

それから雫は八重を見た。

「わたくしが恋をしたら、雫というお菓子も作っていただけるかしら」

「もちろんよ」

八重は頷いた。

「三人のお菓子が並ぶといいですわね」

雫があらためて言った。

「いつかもう一度。今度は殿と食べにくるよ」

虎姫が遠くを見るような瞳で言った。

それはまさに恋する乙女の瞳だった。

「では、そろそろおいとまするわ」

雫が言った。昼食会というからには昼食が終われば終わりである。

「また学校で」

八重も立ち上がった。

「うむ。学校でな」

虎姫が大きくのびをした。

「ここは自由でいられていいな。人目もないし」

虎姫の家柄では家の中でもそうそう自由はないだろう。学校の中か鈴川が一番自由なのかもしれない。

「ではまたな」

虎姫はさわやかに言ったのだった。


「今日の料理は美味しかったわ。どれも、わたくしが考えたよりも美味しかった」

「これでも料理人ですからね」

洋一郎は軽く笑った。

「それでね。あの柿のお菓子に虎姫という名前をつけたいのだけれど」

少し顔色を窺《うかが》いながら言う。

洋一郎の作ったものだから、八重が勝手に名前をつけるわけにはいかない。

「お友達の名前ですね。どうしてその名前をつけようと思ったんですか？」

「虎姫が許嫁《いいなずけ》のことを語るときの顔が柿のように赤いんですよ」

虎姫のことを思い出してふと笑ってしまった。

「いいでしょう。その名前にしましょう」

洋一郎が大きく頷いた。

「ありがとう。そのうち雫というお菓子も作ってくださいね」

頭を下げる。ふと洋一郎の視線を感じて顔をあげると、洋一郎が少し真面目《まじめ》な顔をしていた。

「八重という名前のお菓子は、俺が作ってもいいですか？」

一瞬どう答えていいかわからない。八重は黙って首を縦に振った。

自分が口付けをするときは、なに味なのだろう、とふと思う。

「顔が赤いですよ」

言っている洋一郎もやや顔が赤い。

「洋一郎さんも赤いです。風邪《かぜ》でもひいたのではないですか」

「八重さん」

洋一郎が一歩前に出た。

どうしたらいいのだろう、と八重は思う。目をそらすこともできないし、合わせているのも恥ずかしい。

「次の仕込みがあるんだから、さっさと片付けなよ」

海子の声がした。

洋一郎がはっとしたように背筋をのばす。

「わかりました」

返事をすると、一瞬八重のほうを見る。

「では片付けてきます」

その顔も声も板場の洋一郎で、さっきまでの雰囲気は微塵《みじん》もなかった。

ほっとする半面、簡単に我に返るのだな、と思う。なんとなくそれが悔しくなって、八重は未練なく洋一郎に背を向けたのであった。


そして翌日。

虎姫と雫が、にやにやとした表情で八重を見つめていた。

「どうかしたの？」

「いや。あのあと、なにもなかったのか？」

虎姫が言う。

「なにってなんですか」

八重が反論すると、雫がふふっ、と声をたてて笑った。

「はっか飴とか」

「そんなことはありません」

八重は思い切り否定した。

「お母様に呼ばれてすぐに行ってしまいましたよ」

「案外骨がないな」

虎姫が不満そうな顔をする。

「わたくしたちはそんな仲ではありません」

「どんな仲なのだ」

虎姫がさらに言う。

「どんなって。どうなんでしょうね」

「恋ではないのか」

「まだ違う」

そう言うと、八重は料理の準備をはじめた。

「そのうちなるのか」

「多分ね。そのうち恋になる」

そう言いながら料理を作る。

いまは秋といってもほぼ冬だから、蕪《かぶ》が美味しい。大根ももちろん美味しいのだが、蕪の優しい味が洋食にはいい。

蕪の中味をくりぬいて、おろし器でおろす。そうしておいてから、すり下ろした蕪を絞る。

そうして身の部分を具とまぜた。蕪の味は優しいから優しい出汁がいい。この間の南瓜の料理の蕪版といったところである。しかし、南瓜と蕪でまったく違う料理になるといってよかった。

まぜる具はまずは銀杏《ぎんなん》。風味がよくて蕪の優しさの中でも光ってくれる。それから芝《しば》海老を用意した。

南瓜のときは車海老だったが、蕪は芝海老がいい。最近は芝浜は大分埋め立てられているが、季節になればまだいい海老がとれる。

そして最後は卵である。要するに蕪を器に使った洋風の茶碗蒸しというわけだ。違うのは、茶碗蒸しは卵を溶《と》くがこちらは溶かない。かわりに表面に少しだけ酢をかける。こうすると卵が崩れにくいからだ。

全部準備ができると蒸し器にいれる。寮生と八重たちの分とで十一個。

あとは待つだけだ。

少ししてできあがると、手早く器にとる。これはとにかく速度が命だ。茶碗蒸しにあわせるのは、おにぎりである。

胡麻塩で握ったおにぎりと、茶碗蒸しとの相性は格別だ。

「美味しい！」

配られた寮生全員が声をあげた。

蕪の中で卵は綺麗に固まっている。しかし中の黄身はまだ半熟でとろとろしていた。箸でふれると、とろりとした黄身が一部流れて、固まった部分が残って震えている。

この少し固くなった黄身に出汁がしみていて、口の中にいれると舌に美味しさがからみついてくる。

それから黄身のかかった芝海老を口にいれると、思わずため息がでた。

自分で作っておいて言うのもなんだが、美味しい。

「これは本当に美味しいわね。器も含めて全部美味しい」

「そうね。洋一郎さんと考えたのよ」

八重は素直に答えた。

洋一郎に教えてもらったところも大きい。

「なあ。八重」

虎姫が不思議そうに言った。

「なんですの？」

「それだけ洋一郎洋一郎と言っていて、なんでまだ恋ではないのだ」

雫も頷いた。

「はたから見ていると恋にしか見えませんわ」

二人の言うことはもっともだ、と八重も思う。

しかしこれはまだ恋ではない。

「だって」

八重は口を開いた。

「だって？」

二人が訊く。

「だってこの気持ちは」

そう言って言葉を区切ると、はっきりと言う。この、中途半端なこの気持ちが八重には、とても愛《いと》しくて。

「恋と呼ぶにはまだもったいない」

小学館文庫
好評既刊

大正野球娘。1

神楽坂 淳

ISBN978-4-09-406787-3

時は大正十四年七月。東邦星華高等女学院に通う鈴川小梅は、洋食屋《すず川》の一人娘で、十四歳。ある日突然、級友の小笠原晶子に、「一緒に野球をしていただきたいの」と誘われた。親が貿易商社を営むお嬢の威厳に圧され、野球がどんなものかをほとんど知らないのに、思わず頷いてしまう小梅。どうやら、小笠原家のパーティーに出席していた、朝香中学の岩崎荘介に関係しているよう――。英語のアンナ先生から野球を教えてもらえることにはなったものの、思わぬ壁が立ちはだかって……。大正モガが野球にグルメにとハイカラな時代を奔り回る、シリーズ第１弾！

小学館文庫
好評既刊

大正野球娘。2 土と埃にまみれます

神楽坂 淳

ISBN978-4-09-406819-1

晶子の婚約者で、女子を馬鹿にした荘介の鼻をあかしてやろうと、男子がすなる野球で仇をとるべく、起ち上がった東邦星華高等女学院の九人。乃枝が考案した人体強化器具や人造投手などを使って、練習試合に合宿にと特訓を重ね、ついに朝香中学男子野球団と戦う日がやってきた。秘密武器の金属バットやバナナチップスを携え、いざ出陣する小梅たち。敵の選手とランデヴーしてまで、情報収集にがんばった試合の行く末は果たしていかに？　可憐でたおやかな大正モガが、ハイカラスポーツに洋食グルメ、和菓子にとロマン溢れる時代を駆け回る、大人気シリーズ第２弾！

小学館文庫
好評既刊

大正野球娘。3
帝都たこ焼き娘。

神楽坂 淳

ISBN978-4-09-406844-3

大正十四年秋——。男子野球団との試合を終えて、日常に戻った東邦星華高等女学院に通う娘たち。ある日、鈴川小梅はひょんなきっかけで、学園一の美貌を誇る月映巴《つくばえ》とランデヴーをすることに。しかも巴は、不良のたまり場として有名な新宿まで市電に乗りたいと言う。当日、無事に到着したふたりが早速屋台の団子を頬張っていると、川島乃枝そっくりな娘が現れた。なんとその娘は乃枝の従《い》姉妹《とこ》で、長滝紅葉《もみじ》というではないか!?　またもや事件が起こりそうで……。大正モガが東西「屋台」グルメ対決に大熱戦を繰り広げる、超話題沸騰の第３弾！　おまけ短編も収録。

小学館文庫
好評既刊

鴨川食堂

柏井 壽

ISBN978-4-09-406170-3

鴨川流と娘のこいし、トラ猫のひるねが京都・東本願寺近くで営む食堂には看板がない。店に辿り着く手掛かりはただひとつ、料理雑誌『料理春秋』に掲載される〈鴨川食堂・鴨川探偵事務所――〝食〟捜します〉の一行広告のみ。縁あって辿り着いた客は、もう一度食べてみたいものに出会えるという。夫の揚げていたとんかつを再現したいという女性、実母のつくってくれた肉じゃがをもう一度食べたいという青年など、人生の岐路に立つ人々が今日も鴨川食堂の扉を叩く。寂しさも辛さも吹き飛ばす、美味しい六皿をご用意しました。京都のカリスマ案内人、初の小説！

小学館文庫
好評既刊

海近旅館

柏井　壽

ISBN978-4-09-406812-2

亡き母の跡を継ぎ、東京での仕事を辞め静岡県伊東市にある「海近旅館」の女将となった海野美咲は、ため息ばかりついていた。美咲の旅館は〝部屋から海が見える〟ことだけが取り柄で、他のサービスは全ていまひとつ。お客の入りも悪く、ともに宿を切り盛りする父も兄も、全く頼りにならなかった。名女将だった母のおかげで経営が成り立っていたことを改めて思い知り、一人頭を抱える美咲。あるとき、不思議な二人組の男性客が泊まりに来る。さらに、その二人が「海近旅館」を買収するための下見に来ているのではないかと噂が広がり……。

本書のプロフィール

本書は、「ＳＴＯＲＹ　ＢＯＸ」二〇二一年一月号から五月号、八月号に掲載されたものに書き下ろし「恋と言うにはもったいない」を加えた作品です。

小学館文庫

醤油《しょうゆ》と洋食《ようしょく》

著者　神楽坂《かぐらざか》 淳《あつし》

二〇二二年四月十一日　初版第一刷発行

発行人　石川和男
発行所　株式会社 小学館
〒一〇一-八〇〇一
東京都千代田区一ツ橋二-三-一
電話　編集〇三-三二三〇-五九五九
販売〇三-五二八一-三五五五
印刷所　中央精版印刷株式会社

この文庫の詳しい内容はインターネットで24時間ご覧になれます。
小学館公式ホームページ　https://www.shogakukan.co.jp

ISBN978-4-09-407065-1